赵宝林，云南省通海古城人，生于1955年，玉溪市作家协会会员。自幼酷爱中国传统文化，擅长书法、国画和写作。20世纪90年代开始潜心小说、散文创作，作品相继发表于《边疆文学》《玉溪》《秀山》等刊物。

赵书禾，云南省通海古城人，文学硕士，一名热爱传统文化和写作的人民教师。

玉溪市文艺精品创作扶持项目

古城人家

赵宝林　赵书禾 / 著

云南人民出版社

图书在版编目（CIP）数据

古城人家 / 赵宝林，赵书禾著. -- 昆明 ： 云南人民出版社，2024.5
ISBN 978-7-222-22754-5

Ⅰ. ①古… Ⅱ. ①赵… ②赵… Ⅲ. ①散文集－中国－当代 Ⅳ. ①I267

中国国家版本馆CIP数据核字(2024)第087471号

责任编辑：和晓玲
责任校对：陈　迟
责任印制：李寒东
创意设计：🐻 熊·小·熊

古城人家
GUCHENG RENJIA

赵宝林　　赵书禾 / 著

出　版　云南人民出版社
发　行　云南人民出版社
社　址　昆明市环城西路609号
邮　编　650034
网　址　www.ynpph.com.cn
E-mail　ynrms@sina.com
开　本　889mm×1194mm　1/32
印　张　6.875
字　数　200千
印　数　1000册
版　次　2024年5月第1版第1次印刷
印　刷　云南速盈印刷有限公司
书　号　ISBN 978-7-222-22754-5
定　价　48.00元

如需购买图书、反馈意见，请与我社联系
总编室：0871-64109126　发行部：0871-64108507
审校部：0871-64164626　印制部：0871-64191534

云南人民出版社微信公众号

序 言
一种优雅的生活方式

杨 杨

　　赵宝林先生是通海乃至玉溪文艺界的"隐者"，他不事张扬，默默无闻，沉潜在他的小天地里，不遗不弃地侍弄和发展着他的文艺事业。

　　回想我与宝林的交往，时可谓长矣。准确的时间是在1991年末，我因编印《通海一中校史》而走进了他们的工厂，认识了作为车间主任的他。当时，我发现眼前这位"工人老大哥"不仅精通印刷技术、书刊编排知识，而且为人真挚诚恳，又很有文化修养。此后，我与他很快发展成了亲如弟兄般的朋友，从生活到工作都相互关心，相互照料。再后来，我的工作发生了变动。我走出校门，参与筹建通海文联。也就在那个时候，由于工作的关系，我在无意之间发现了宝林的一大秘密——他竟然在很早的时候就偷偷写了一大堆诗文。其中有一篇题为《伸出墙头的梅花》的散文，在写景状物、托物言志、借景抒情方面，竟然写得从容自若、得心应手，一看就有较好的文学特质。我坚信自己的判断，很快在

《秀山》杂志发表了这篇文章，他也因此"登上"了通海文坛，成为一名"文学新人"。其实，那时他已在书画艺术方面苦苦探索了多年，但从不在通海书画界出头露脸。他一直在追寻艺术的秘密，探求适合自身生存与发展的工作方式和生活态度，所以他的业余生活很丰富，也很孤独，但他因此更勇敢、更独立、更清醒，也更有力量。他知道诗文、故事、语言、笔墨、色彩对他生命的意义，他活在自我营造的艺术世界里，这是他对自己人生态度的一种肯定和坚持，也是他对世间万事万物的观赏、表述、描摹和赞美，更是他对自我精神世界的负责和贡献。

可以说，宝林兄较早地发现了传统文化艺术对人生的滋补作用，也较早地体验到了在这方面获得的进步和成功。他起步不早不晚，可谓一发不可收拾。一边买来了照相机，要学摄影；一边阅读文学名著，要学写小说。不久之后，他的摄影作品悄悄登上了玉溪地区的一些小报小刊。他的短篇小说《君子》被我推荐给了云南省作家协会主办的老牌文学杂志《边疆文学》编辑部，并很快在"咱老百姓的故事"栏目里发表出来。为此，他一直怀疑是我的"关系"起作用，才使他的小说得以发表。其实，我也曾悄悄与当时的副主编何真老师询问过此事，何老师说，那是凭他的创作实力和作品质量才登上他们杂志的，证据就是他们杂志社在年终总结时还提到那篇小说写得好。之后，保林的小说再次登上《边疆文学》。他成了玉溪文学上的一颗新星，多次参加玉溪文联举办的文学笔会。

正当我们为他的文学创作势头暗暗高兴的时候，他却开始转移自己的艺术方向。他逐渐淡化文学理想，而把更多的精力用在书画艺术上，并在县内举办了较高规格的书画作品展，这使他赢得了更大的荣誉和更多的尊重。在我看来，当时展出的作品，无论书法还是国画，每一幅都是一个纯真、纯净、纯美、纯粹的弥散着艺术色泽和人间气息的世界，如同他的个性特色一样，内敛、平易、亲和，当然也保留着他独立、清纯、天真、高贵的精神气质。他的作品与他的为人一样，闪烁着一位普通工人的理想之光，他用自己的艺术装点了平淡的日常生活和工作，更美化了人们的视觉和心灵。

这得力于他非同寻常的坚忍、勤奋和多年积累的文学功力。可以说，他是一个普通工人，更是一位平凡的艺术家。他领悟了传统文化艺术的某些精神，并内化为精神素养和气质。翻开世界艺术史，可欣慰地发现，我们中国是第一个把书画艺术家等同于富有灵感的诗人一样的国度，而生活在我们这个国度的历代书画家也非常珍视这种崇高地位，他们一直用近乎禅宗的方式来对待书画艺术，常常痴迷在水墨丹青之间，参悟山水的意境，观察花鸟的情趣，领悟自然的哲理，从而创造了一个个艺术高峰。在我与宝林交往的岁月里，我更能感受到这一点。他常常在下班之后，埋头在他的书画室里，要么读诗词，读书论画，读散文小说，要么挥毫写字作画，孜孜以求，乐在其中。他从诗词中获取了艺术灵感，从散文小说中获取了人情世故，从书论画论中获取了艺术的真谛。他逐渐领悟了中国诗、书、画从不分家的妙理，也明白了中国文、史、哲自古融为一体的规律。正因为这样，宝林在自己的艺术道路上尽力让诗、书、画与文、史、哲相依相存、密不可分，尽力发挥中国传统艺术的这种天分和优势，使自己的艺术水平得以滋养，得以提高。

事实上，多年以来，宝林一直没离开过文学艺术，没停止过他的文学写作。我们欣喜地看到，自从前几年荣任《今日汉光》执行主编以来，他偶尔也拿起笔来，写上几篇小散文填补其间，无论是写老通海的故事，还是谈花鸟鱼虫，甚至是写古城的人与事，他都能入情入理，娓娓道来，显得老练和高妙。而更多的时候，他把自己的业余生活经营得越来越充实，越来越美好。他常常站在宽大的画桌前，以毕恭毕敬的态度写字作画。可想而知，那时的他，心境多么清澈，多么澄明，多么宽畅。他不是用笔在描摹真实而具体的山水物象，而是用一种参悟或凝神的方式研究自然，研究线条，研究造型，研究色彩，研究韵味，研究名家的作品……他练就了运笔用墨的功夫，他心中有了万千气象，情动于中，兴之所至，寥寥几笔，便是心灵之作。他把它们挂在墙上，或收藏在匣椟之中，当客人光临或遇到知音，他就拿出来展示，一起观赏玩味，如同一个诗人打开一本珍贵的诗集，对某首好诗再三吟咏。他的书画作品甚至有一些市场效应，悄悄出售到县内外、市内外、省内外。

这一切作品都出自他的心间，出自他的精神世界。从这可以看出，他是一个有艺术精神的人，他一直热爱艺术，热爱工作，热爱生活。他有一颗感恩的心，一直在默默感谢艺术给他带来的力量。可以说，是艺术改变了他的价值取向，改变了他的生活，改变了他的家庭。我们早就发现，在这样的艺术氛围中，他的妻子和女儿都得到了浸染。退休在家的妻子偶尔也拿起笔来，画几朵她喜爱的荷花；女儿赵书禾更是从中得益，自小沐浴在他所营造的艺术世界中，如鱼得水，快乐成长，直至考上艺术院校，获取了硕士学位，成为一名人民教师。可以说，他们是通海古城里一个真正的艺术之家。如今，在飞速而喧嚣的现代社会里，我们要保持一颗平静的心已是奢望，更难以创造一种属于自己的生活方式。这几乎是现代人的一种宿命，一种无奈，一种悖论。但是，作为普通工人的宝林先生，却在这种社会环境下找到并创造了自己的生活方式。由此观之，宝林的现实生活是优雅的，是自由的，是幸运的，更是幸福的。

目　录

伸出墙头的梅花

留柱是我少年时同街的伙伴，他家后院的花园是我们经常嬉闹的地方。在留柱家西屋花园的墙脚下，他的曾祖父在清光绪九年植了一株梅树。到他记事的时候，这株梅树已有六十多个春秋了。

四十年后的一个孟春下雪天，在外地工作退休的留柱回到了家。悠悠岁月，看到家里陈旧的木屋、破损的家具，留柱感到亲切。

在家堂拜谒了祖宗之后，留柱猛然想起他最熟悉的西屋花园里的那株梅树，不知它是否还活着。

西屋花园一切依旧，梅树也依旧老态龙钟地站在墙脚。望着飞雪中的梅树，留柱格外激动，他抚摸着斑驳枯朽的树身，在风雪中静静地伫立在梅树下，迷茫地望着那一簇簇的梅蕊，忘了一切。

经过百年的沧桑岁月，梅树的根部已千疮百孔，看上去犹如一件精湛的根雕艺术品。然而，枯木不朽，梅树的根部却蕴藏着无限的生机，许多新枝依靠母体吮吸着大地的养分，岁岁繁衍，花枝茂盛。

留柱邀我坐在西窗下，凝视飞雪弥漫的梅树，我不由得想起了我们童年时候很多关于这株梅树的趣事。

留柱祖父酷爱梅花，一生中写了许多赞梅诗。然而，他的祖父对这株梅也有些怪僻的嫌弃。夏秋季节梅树光秃秃的，偶尔有几个雀儿在树上"喳喳"叫着，给小园添了几分热闹气氛。然而他祖父是听不得聒噪的，特别听不得我们在他家里嬉戏呼叫。夏天坐在小园里观书纳凉，散落园中的雀儿一叫，他就唠叨起来，扬起大蒲扇在空中晃几晃，"噗""噗"地将雀儿惊走。

夏秋季节的梅树除了披上青青的绿叶，是没有什么观赏价值的，伸出墙头的梅枝，固然不惹人注意了。

冬末春初，梅树复苏萌芽，几点稀疏的苞蕾开始从梅树枝丫冒丁点儿出来，不到十日工夫，一朵朵梅花怒放了。娇艳的梅花映红墙头上的青瓦，芳香四溢，满园馥郁。如遇上雪花飘飘的天气，一簇簇梅花就像一个肤色红润的少女，披着一层白纱在凛冽的寒风中斗风傲雪，那一红一白相互交融的景色，看着让人如痴如醉，肃然起敬。

这个时候，留柱祖父一天要到梅树边转上几转，捋着长髯，面带惬意。

留柱家西墙外的小巷似乎比往常热闹了许多，沿街的老人、小孩走到这里都要翘首观赏伸出墙头的梅花，就是在雨雪霏霏的天气里，撑着雨伞的人也会驻足观赏一番，多好的梅花，人们赞叹着。

我背着留柱，和几个玩耍调皮的儿童，用石头垫着，或用肩托着，伸手要去摘墙头上的梅花，带回去欣赏，但我们只能徒劳，因为墙很高……

临近春节，留柱祖父总要敞开西窗，铺开宣纸画上一幅梅花图。他家祖传的大青花瓶，他祖父总要从街上和山野买或者摘一些梅枝插进去，自家的梅枝他祖父从来不允许任何人摘。

说来也怪，留柱带我看他祖父写字画画的时候，他祖父允许我们在一旁观看，并问我们喜不喜欢写字画画，我们都说不喜欢，说他画得太难看了。留柱祖父这时会放下笔瞪着两只小细眼，胡须翘起说，孺子不可教也。那副怪怪的神态，真逗人笑。

留柱祖父的书斋门上，几十年来都是那对"西屋除夕无他事，插了梅花便过年"的对联。

每年梅花盛开的时候，街坊上的几位老先生和留柱祖父的一些朋友，都会邀约一道，说该到张家花园赏梅了。

老先生们聚在西屋窗口下，围着火炉，煮着香茗啜饮赏梅……"无意苦争春，一任群芳妒，零落成泥碾作尘，只有香如故。"老先生们诗兴盎然，吟诵着有关梅花的千古绝唱，赋诗作画抒发各自的情怀，真是快活极了。

梅花，人们似乎对它有一种特殊的感情。那时留柱和我毕竟还是个稚童，不理解大人们为什么这样敬仰傲雪斗霜的寒梅，直至进了学堂，在先生的教诲下，才懂得了梅花是一种象征，象征着人的气节、品质、情操。

存弟祖父的书楼

我小时候的伙伴存弟，他家老屋东边的小楼，是他祖父庋藏书籍的地方。存弟祖父的藏书不下千册，很多还是线装的绵纸石印古本，其余的是民国时期的铅字印书。

存弟祖父的藏书丰富，与他祖父手民（雕版排字工人）职业有很大关系。这个职业为他祖父藏书创造了近水楼台。印刷作坊每出一本书，祖父总要收藏一本，几十年下来，三个古色古香的红木书柜塞满了书籍。

存弟祖父的书楼，是他祖父心里的圣地。做孩童时的存弟不得轻易上去，因此存弟的母亲对他祖父总是瞅白眼，背地里对他说，你爷爷的书楼是金銮殿，要玩别处玩去。

存弟祖父有他的道理，不让小孙子上楼，是怕他弄坏书籍或把摆设的古玩摔坏。然而到了该上小学的阶段，祖父却把存弟叫上楼教他读起了古诗。存弟似乎被他祖父禁锢，失去了许多跟我玩耍的机会。存弟不愿念古诗，想着玩，可他祖父硬是逼着他念古诗，不到规定的时间不准下楼。存弟和我都恨死了他祖父。

存弟的母亲对祖父这样整天整时地教儿子念背古诗很反感，说存弟爷爷老糊涂了，小孩子背什么古诗，她担心存弟背古诗背成他爷爷那样的老古董。存弟的父亲对母亲反感，总是说她妇人之见，古诗中有许多学问，读懂了古诗可不得了。

存弟也知道他母亲不识字，只能操持家务，文化方面的事，只能听父亲和爷爷的。后来存弟和我都上了小学，存弟家的条件好，写作业能在他祖父的书桌上写，满楼的书随他看。

十多年来的读书、做功课，存弟的性格渐渐变得比我稳重，举止斯文了。我说，存弟你真的成老古董了。

在几年的时间里，我看的古典书籍，都是存弟从书楼拿给我的，我们读书的那个年代大多数人不爱看书，爱看书的人找不到好书。而存弟借我书看，却是拿他舍不得吃的零食作筹码，让我好好地静下心看书。

存弟祖父有一喜好，下小雨的时候，他开着窗让上屋檐的雨水滴到下屋檐的瓦沟里，这时他叼着水烟袋凝视着窗外的雨丝。他爷爷说这雨水的点滴声很有乐感，于是存弟祖父将他的书楼取名"雨丝斋"。

存弟的祖父将书楼视为他的精神支柱、生存天地，或者说是生命的一部分，存弟的祖父九十四岁那年，无疾而逝于书楼的藤椅上。

存弟祖父一生不是做学问的，但他嗜书如命，用严谨的态度，督促子孙们读书，给子孙们留下了一份珍贵的精神财富。耳濡目染祖父的品德教诲，存弟从小练就了读书的功夫，而我又在存弟的带动下，从一个野惯了性子，不爱书、不看书的人渐渐地对书的重要性有了质的认识。

存弟读书用功，学识广泛，他是六十年代初小镇里为数不多考上大学的人，大学毕业后在市里工作。一天，存弟匆匆敲开我的门，恳求说，能不能帮他一个忙，把他家书楼上的他爷爷视为珍宝的那些古典书籍搬到我家替他保管一下。

我家是城镇贫民，帮存弟保存书籍不成问题，我爽快地答应下来。当晚我和存弟就到书楼上将上千本古书籍装箱打包，趁着夜幕搬到我家里。想不到第二天，存弟正要回市里单位，他家突然来了一群人，声称是单位专案组的，要对存弟家进行彻底的搜查，存弟心里庆幸，幸好昨晚转移了书，心里踏实了，就放心地让专案调查组的人把家的里里外外搜了个遍，但祖父留下的几件珍贵古董还是被抄走了。存弟让我保存的那几箱书一直存放到了二十世纪八十年代初。存弟来信说，当年不把那些书转移，他可能一回到单位就要被抓，甚至去坐牢，多亏了我在那个特殊的时期敢冒风险替他藏书。我回信说，这些书属于所有爱书的人。

存弟后来将他的那些书做了部分捐赠，送了朋友，他说书就得让人看，就像当年让你读书还要拿零食哄。

月亮柴

所谓月亮柴，就是要有月亮的那几天，卖柴人才挑柴去卖。

我家隔壁的大头二是靠卖月亮柴维持生存的。我十岁那年，为了凑够读三年级的两元学费跟大头二卖过四次父亲挑的月亮柴。

二十世纪五十年代末六十年代初，小城的主要街道有了街灯，小城人觉得是天大的一份稀罕事，按说街灯为卖月亮柴的樵夫提供了方便，但没月亮的日子就没有卖月亮柴的人。

卖月亮柴的大多是小城里无职业的闲散居民，有成年壮汉，有年近花甲的老人，有八九岁的娃娃和青年。那时的小城居民没有什么面子观念，因为唯一不会被市管没收的就是月亮柴，小城的居民能上街卖的也只有月亮柴和蔬菜，其他物资都得凭票供应。

天上的月亮圆圆的，有了街灯，卖柴的人都往街灯下摆。只有大头二不把柴摆在街灯下。"大头二，有了街灯你可以天天晚上去卖柴了，何必要等有月亮。"我母亲对他说。

"月亮柴当然要有月亮才有人买，这是习惯。"大头二跟母亲较真说。

追溯小城卖月亮柴的历史，按说也近百年，形成了小城人的一种习俗。大头二的父辈就卖过月亮柴，他这辈子照样以卖月亮柴为生，是砍樵专业户。那年头人与人的生活差距小，小城居民上山砍柴供锅膛是极为普遍的。我八岁时跟父亲上山砍柴，父亲每月休息三天，这三天都是挑柴。挑柴是很苦的，早上天不亮就得起床做早饭，有条件的包一袋冷饭，中午充饥，没条件的只能吃顿早饭，就得挨到晚上把柴挑到家，来去五六十里，早出晚归，天一黑，到城外三五里地接挑柴人的马灯在山间的小路悠闪。

贫困使小城人家，特别是孩子多的人家靠微薄的工资是买不起柴烧、供不起孩子念书的，于是只有挑柴卖。

我父亲挑的柴加上我放学到近处山上捡的柴火，只够供锅膛，剩不下柴去卖，有时父亲出差十天半月就脱柴烧了，母亲还得买柴烧。我母亲喜欢买月亮柴，但不跟近在咫尺的大头二买，后来我知道母亲不跟大头二买柴是有原因的。有月亮的那几天，街上热闹，有人偷着在背阴的角落卖炒瓜子、杂粮，市管会管街的抓不到，于是母亲可以找到卖炒瓜子的，五分钱称上二两，并买些杂粮，然后逛逛街，遇到便宜的月亮柴，本来八九角一挑，她五六角就买回了家，等于炒瓜子是白得吃的。

母亲年轻时爱热闹，性子爽快大方，买得便宜的月亮柴，又买得炒瓜子，留下一部分，剩余的她点燃发烛火（一种薄木片），串门把瓜子分给要好的邻居。她不跟大头二买柴的另一个原因是，大头二的柴份头不够，柴架空了卖，看上去一大挑，解散了没几根。大头二见我母亲买了别人的柴，说我母亲不近邻居之情，不买他的柴。我母亲直爽地说："熟人不好讲价，你八九角一挑，我买的才六七角，份头比你的多。"这下可激着大头二了，他吼道："你买的柴便宜是因为里面掺着潮柴，我卖的柴从来不掺潮柴，买来就可以进锅膛，宁肯卖不掉我也不敢砍活树枝，那是要遭报应的，你是狗吃稀屎只图多。"

大头二的月亮柴五六十斤能卖到八九角钱，他一个月挑 20 天柴，卖得十八九元钱。遇到雨天上不了山，他就到城郊外的田间割马草卖给马店，一个月下来，他的收入跟我母亲上班的差不多。他独自一人，日子过得很是惬意，有时遇到馆子里偶尔卖一次回锅肉，他还能炒上一盘加上二两甘蔗渣酒，痛快地吃喝一顿。在那年头，大头二的这一顿酒肉是很多小城居民不敢奢望的。

大头二作为小城众多卖月亮柴的专业樵夫，他一辈子不会干什么行当，一把砍柴刀、一根扁担、两根皮条伴随他的一生。他身体硬朗，面皮黑黝，满脸皱纹，他的心理健康是众邻居不及的，对街坊的那份热情劲儿，有时真让人受不了。他的热情，是源于他心态的平和，一人吃饱全家不饿，什么都放得开。还有大头二的热情是他卖柴的广告，确实有很多人都是冲着他的热情和大把年纪来买他的柴。但也有人不买大头二的热情账，我母亲就是一个，还说大头二是个笑面虎，假虚情，哄别人的钱。大头二卖柴服务是很周到的，把卖的柴给人家挑到家，还帮人家放在指定的地点码齐，并把柴渣给扫干净，正因如此，他卖的柴是比别人贵一两角钱的。但最使我对大头二称道的是，他上山砍柴从来不砍活树活枝，他对人重复过几百遍的话都是那几句："树是有生命的，砍活枝等于砍树的儿女，树会疼的。"

大头二对植物尚有悯惜，以及对街坊邻居所有人都热情，由此可见，他是一位纯粹善良的老人。

小城大地震那年，他的右脚被砸坏了，从此落下残疾，也就终止了他的樵夫生涯，那年大头二六十四岁了。后来他被街区五保了。

小城卖月亮柴的历史，在我的印象里二十世纪七十年代后期渐渐消匿。

月亮柴，很美的名词，是当时小城众多像大头二这样无职业、无特长的居民维持生活的一种特殊职业。小小一担柴甚至承载着一个家庭的生存重任，同时也折射出贫困带给那个年代古城人的艰辛与苦难。

秀山——镶嵌在古城里的翡翠

　　秀山从远古走来，赐予通海这片热土神圣、庄严、秀丽，千百年来，通海人也为秀山的生机、完整、无瑕进行着不懈的努力。通海人为有秀山而自豪，秀山有了今天的丽质，与通海前辈的开发保护分不开。早在汉代汉昭帝时，畇町侯毋波最先在秀山建古刹，广植树木，形成了以原始山林为主、人工开发为辅的园林雏形。到了大理国时期，大理国王段思平在通海置秀山郡。段思平信仰佛教，对静谧、深幽的秀山赞美不已，常往山上庙里抽签占卜，祈祷平安。这个时期的秀山，森林植被已十分的茂密。由于段思平对秀山的笃爱，禁止当地土著人上山砍樵伐木，对秀山树木的繁衍起到了积极的保护作用。

　　通海的佛教传播发展较早，唐宋时期，大部分庙刹都集中在秀山，可谓"多少楼台烟雨中"。佛教的鼎盛，带动了园林的进一步开发，路径通幽，庙刹、道观、庵堂从山麓延伸到山顶，布局巧妙，错落别致，仿佛一枚枚红宝石镶嵌在一个硕大的翡翠上，在云霭中若隐若现，璀璨无比。正是有了秀山的优美环境，四方僧尼云集秀山，香火旺盛，促成了绿化山林的力量，僧尼道士大量种植花木于寺院内外，现存涌金寺院内的唐、宋、元、明古柏、香杉、山茶，就是各个朝代僧尼们种植、保护而存活至今的。

秀山的树林，自然生长的大多是灌木、杂乔木、藤萝、草本类，花果、松杉大部分是历代人工种植后又自然繁衍的。

宋、元时期，秀山东西南面的森林已形成了阴森空灵的原始状，生态平衡，鸟语花香，良好的环境调节着小城的气候，使小城四季如春。这个时期，秀山深处的密林里出现了麂子、狼、豹子、穿山甲、巨蟒、野兔、山鸡等珍禽猛兽，它们悠闲地栖身于秀山密林中。

明清时，当地官府对秀山的保护管理更加完善，设置了行政管理机构，使用专人巡视，看山护林。为保护山上的生态不遭破坏，官府严禁在秀山狩猎、捕鸟、打柴火、偷伐树木，特别是偷砍树木者处罚最严。偷伐树木者一旦被捉住，罚米粮数升，所罚之粟充秀山庙会公用，并勒令偷伐树木者扛所砍树木游街，给予曝光，使其意识到砍秀山之木可耻。每年一度的清明扫墓，官府紧锣密鼓，禁止有坟茔在秀山的小城绅士大贾烧纸、燃香。

从古至今，通海人爱护秀山就像爱护自己的财物，就是在1958年"大炼钢铁"，天下树木遭劫的岁月，秀山也能幸免于厄运，在那特殊的年代，能保住秀山茂密的树木，未损一草一木，在通海人心中算是个谜。

秀山沉淀了上千年的文化精粹。秀山在云南开发较早，是集旅游、佛教、商业、文化为一体的名胜，特别是佛教历史悠久。古城的老年人都把通海的经济繁荣、世态清平、无战乱归于香火日盛的秀山佛祖的护祐。历史上，秀山曾发生过几次山火，经僧人及时抢救，都化险为夷，僧尼诵经做法会都将秀山的永恒、无灾无难作为一个内容来祈祷。

民国初年，朱德委员长曾率滇军驻扎秀山，四五百人马吃住训练都在山上，秀山的环境是否会遭到破坏，确实让古城人担心了一阵，然而四五个月过去了，秀山依然安然无恙，瑰丽无瑕，可见朱德委员长治军有方，纪律严明，对秀山的自然环境精心爱护。1962年，朱德重游通海写下诗句："秀山雄城后，林茂似玉壶，此地文物盛，花桩百样殊……"足以说明当年驻扎秀山时，就与通海秀山的绮丽风光结下了深厚的情缘，在他的晚年还深深地眷恋着似玉壶的秀山。

秀山是古城人的生命之山、希望之山，秀山与古城的文明、发展是紧密相连的。古城人把秀山称为古城头上的翡翠，它带给了古城无限的光环和吉祥，孕育了古城的古今文明。

时至今日，随着社会经济的发展，秀山文化推动了旅游事业的兴盛，秀山正以她前所未有的妩媚娇态迎接四方游客。然而，任何生物体所承受的能力都有它的极限。近几年来，游客增多，一些不文明的现象正灼伤着秀山的肌肤，山道两旁、林下沟壑，五颜六色的废弃物遍地皆是，乱刻乱画令人触目惊心。本地人拾柴火、挖花土、取青苔，无疑又给秀山的环境创下了一道道的伤痕。更有甚者，为了生活的超逸审美，寻找野趣，到秀山刮松树皮点缀居室，弄得一株株树木白骨累累，奄奄一息。

尽管这十几年来，各级政府倾注了大量的资金扩建、维修秀山庙宇或风景点，每年植树上万株，采取了科学方法管理保护秀山，使它更加闻名四海。然而，如果忽略了上述对环境保护不力的潜在危机，秀山再美，树木再茂盛，花草再葳蕤，也经不起长期的人为践踏。

通海古城人需要一座完整、丽质、绿色永驻的秀山。作为有着厚重历史文化底蕴的秀山，古城人应该善待大自然的恩赐、祖先的赠与，将这座小巧玲珑的翡翠之山保护好，完整地交给子孙后代，这是当代古城人责无旁贷的使命。

写信

　　民间，写信作为曾经的一种行业，一直延续到了二十世纪七十年代末八十年代初。写信成了当时某些识文断字的先生们养家糊口的职业。写信先生在某种程度上讲，是文化的传播者。一封书信能给予远方的亲人朋友以安慰、问候、鼓励。古代戍边将士的一封家书抵万金。

　　二十世纪五六十年代，通海古城从事写信的老先生不下十来位。早饭后的九点左右，老先生们各自提着纸笔墨盒，老态龙钟，把写信摊摆在了邮局前，抽着长嘴烟袋，捋着长髯待客写信。

　　十几位写信先生中，有几位用毛笔书写，信文半文半白，这几位先生写信的生意就差了，大多数时间是在打瞌睡、抽烟。文化水平高点、语言现代流畅的先生生意就好，有的写信顾客还认定要某位先生写。

　　当我走过原新市场邮局遗址，有时还能想起当年那群写信先生，那群写信先生中，我印象最深的有一位。这位先生操着一口浓重的江浙语音，双腿残瘸。他有位通海籍夫人，无儿女，两人相依为命，没有什么生活来源，就靠写信糊口。很多年后，我才知道这位先生姓张，是原通海一中的一位语文老师，是位散文家，因是"右派"，还在服刑，但因双腿残瘫，监外执行交当地居委会监督改造，夫妇俩就靠先生写信维持生计。

对于一个中学语文老师，又是散文家的高级知识分子来说，屈于以写信为生，自然写信便是小菜一碟，随手拈来，言简意赅，书写畅快，十几分钟就能写好一封，深得写信的市民喜欢、满意。他的信桌旁天天坐满了写信的顾客。张先生写信在通海古城是出了名的，只要他一出座，其他写信先生的生意就少了。

说老实话，对于邮局前那群老态龙钟、摇头晃脑的写信先生，我只青睐张先生。出于一种怜悯：一是他双腿残瘫，二是他是"右派"，在我的家族中也有被划为"右派"的遭遇，故而每天放学路过邮局，只要张先生还在出座，我都要站在他背后看，久而久之，他似乎认识了我，就微笑向我点点头。由于双腿僵直，先生的腰不能弯，他写信是用一个硬壳垫着信笺，用左手抬在胸前写的。那时不懂书法，尔后细细回忆起来，张先生那手钢笔字确实俊秀飘逸。张先生写信的姿势，一天下来，就是正常人也吃不消，但为了两张口，张先生得硬撑着。

大概是二十世纪六十年代中期，邮局前的写信摊出现了怪现象，写信的老先生们讲起了阶级成分，出身好的得以摆摊写信，出身"地富反坏右"分子的收摊回家，不准再写信。从我发现怪现象的那天起，就再也没有见到那位从江南水乡到云南边陲执教、清瘦文雅的张先生了。若干年后，我才听到他所居住的街道人说，政策一下来，监外执行的"右派"改造人员要收监。张先生被重新收回监狱，死在了狱中。街道的人说，收监那天，面对不嫌弃自己身残且是"右派"的妻子，张先生流泪了，大家都知道，张先生这一走，他的妻子生活无着落了，还为自己背了"右派"家属的罪名。这样一位才华横溢的中学语文教师、散文家的生命，没有等到平反昭雪的那一天。

多年后，我从通海一中编写的《通海一中校庆文集》中看到了张先生的学生——现代著名儿童文学作家钟宽洪先生写的一篇回忆录，知道了这位先生名叫张少陵。

外公的马帮

母亲心静或是我陪在她身边的时候，总讲起她们董家两百多年前的那段荣耀和她父亲赶马帮的往事。母亲一辈子几乎只牢记这两件往事，这在她心里怎么也抹不掉。不知讲了多少年，随着她进入耄耋之年，回忆自己父亲的频率更高了。

我母亲董家祖上，在清乾隆年间出了两个翰林，爷爷董玘和孙子董健。通海古城人习惯称公孙翰林。董玘在京城翰林院做编修，在他手上董家置办了房产和田亩，同时也为孙子董健的仕途铺平了道路。董玘告老还乡没几年，董健考取了进士并选拔为翰林，这几十年中，董家如日中天，集农商仕于一体，又冠以"文魁"桂冠。然而董健后的几辈子孙中就没有了什么建树，只有靠吃上辈的祖产，真应了"穷不过三代，富不过三代"的民谚。到了清末，董家就败落了，田亩、商铺什么都没了。从董健后的几辈一直到我外公，董家就没有出过一个读书人，我外公进私塾念了半年的《三字经》《百家姓》，最好的水平也就能写封简单的书信，不能算有文化的人，但外公在做生意方面却表现出天赋，到了我外公这代做起了生意，家境殷实了。母亲说，她父亲原先是跑单帮的，一个人赶一两匹马，跟着大马帮后面做点小生意，几年后由于外公的精明，他的马帮壮大了，他一个人赶马帮养活董家老小十几口人。

外公毕竟是跑马帮的，在他心里，觉得董家还应该出读书人的，加上他自己也没有念出书来，于是把通过读书重振董家"文魁"遗风的希望寄托在了儿子——我的舅舅身上。除送我舅舅读书，他把两个女儿也送进新式学堂念书。让外公失望的是，三个儿女都不喜欢读书，外公长吁道，我董家的书让老祖宗读完了。

外公想在他这代承袭董家商仕的理想，其实在他上两代就落空了。

母亲说，外公的马帮当时在通海城算是有名的，很多商铺都争抢他的货，由于外公经商信誉好，连河西的布匹老板也敢赊货给他销往思普地区。

外公的马帮最多的时候有近百匹马，赶马的伙计除一人长年雇请，大多是临时请用，来回完了伙计领了钱就走了。外公待伙计十分真诚，在赶马的路途中，外公跟他们同吃住。外公有吸食鸦片的习惯，伙计中有吸食大烟的，外公也让他们吸食，这种吸烟的待遇，在很多马帮老板中是不可能有的，故而只要外公出马，伙计们接信后，就算答应了别人的活，也要找理由来帮外公赶马。为此，马帮的同仁对外公有些嫉恨，说他施舍伙计坏了马帮规矩。为此外公还吃了同行的两次亏，一次栽赃外公贩鸦片，被衙门在无证据的情况下强罚了百十元大洋；一次是同行出钱请散匪劫了六驮盐巴。外公明知是同行嫉恨他的生意好、得人心，也不跟他们截破，反而在同行有困难的时候出手帮忙。日久见人心，同行们自知惭愧，跟我外公搞好了团结，经常结伴出马。由于外公为人和善，舍得吃亏，乐于帮人，沿途认识了很多人，并成了朋友。外公的处世名言是"为人行善天必佑"，所以外公的马帮在深山密林中，遇到过豹子、蟒蛇、豺狗、狼都没有遭袭被伤害，外公自信这是他的善行因果的回报。

外公的马帮主要是走思茅普洱线，从通海河西运黄烟丝、土布匹到思茅普洱、磨黑一带销售，再由普洱、磨黑运回盐巴、茶叶、香料销给通海的商家零售。据母亲讲，那时候她们的生活相当富裕，而且外公准备买县城当街的商铺，自运自销。就在这年，有马帮同行与外公商量跑一次缅甸、泰国做贩运洋靛及洋布、毛毯、染料的生意。外公也觉得这些货物的利润是盐巴茶叶的好几倍。于是在母亲十一岁那年，外公用了近一年的时间去了缅甸、泰国，购了许多英国洋靛（染料）、洋布、毛毯、毛料。外公一年前的这次出行母亲怎么也想不到竟是与外公的永别。马帮出了缅甸境内，外公就染上瘴气，一路坚持到新平地界，病得再也走不动路了。由于马匹驮着货物，外公舍不得卸下一驮货让自己骑马，他叫最信任的一个伙计赶着马帮先到新平客栈，安顿好马队后，再用一匹马来接他。伙计将外公留在种地人看庄稼的窝棚里，和一路上临时雇用的几个伙计赶着马帮去了新平城。

外公独自在窝棚里忍受着瘟疫和烟瘾的折磨，熬了一天一夜。本来按时间计算，伙计来回新平城一夜一天后就该来接我外公了，可是两天的时间早过了，接的人却还没来。外公预感到大事不好，就像天塌地陷一样恐慌，他把整个家产、近二十年的积蓄交到了伙计手里，这种情况下只要伙计昧了良心，外公的家业就完了。两天的时间，连病带急，外公已十分虚脱了，又无人救助，想着只能在窝棚里等死了。第三天中午，外公被收稻谷的农民发现，其中一人认识我外公，他少驮了一驮谷子，将外公送到新平客栈。

外公的伙计头缠着纱布，从洋烟铺上起来，见了我外公哭丧着说，马帮遇到了土匪被劫了，为了保护货物，他被打伤走不动了，没法去接外公。临时请的伙计中有土匪内应，土匪是有备而来的。伙计还说，凭着他机灵总算留得五驮洋靛。外公听完一阵晕眩，不省人事。客栈老板和我外公是多年的客户关系，成了朋友，他给我外公请了大夫，在客栈里调治了三天。外公责骂伙计说，你不能来接我，你知道我跟客栈老板的关系甚密，可以叫他派人来接，你为什么要阴了我生病的事不告诉店老板？伙计申辩说，他被打伤，吓得什么都忘了。我外公气愤至极，长吁一口：我董存富的气数尽了。念在伙计跟了他多年，外公给了他两驮货物说，我败家了，你另寻生路去吧。伙计没有马上走，继续服侍外公。一个星期后，我外公对店老板说，我的病好不了了，我不要死在外面，要回通海。第二天外公就死在了回通海的马背上。客栈老板和伙计料理了我外公的丧事，将外公的死讯写信寄回了通海。对于马帮被土匪所抢这事，后来客栈老板和外公的家人一直怀疑是伙计搞的鬼。伙计到客栈时，只说道，完了完了，董老板这回全完了！将五驮货物交由店家保管就离开了，两天后才回到客栈，也没提起我外公生病，要去接他的话。

外公的家人、我的大舅和外公的三弟到了新平城客栈，谢了客栈老板，算了各种丧葬费用，去了外公的坟冢哭拜，然后赶着三驮洋靛回到通海。外公的家道从此又败落了。外婆孤儿寡母靠着那三驮洋靛勉强混了三年日子。

外公置田亩、买商铺的理想以他的生命为代价落空了。如果外公的马帮不出这趟远门，一直走思普线，最多三五年，外公置田买铺的理想也就实现了，因为思普这条路对外公来说轻车熟路，人缘又好，生意做得非常顺利，偶尔拦路抢劫的一些散匪都快成了他的朋友了。外公看待土匪的观点是"他们也是为了口饭吃，只要不杀人，要钱财么给他就行，自己少赚点，图个清吉平安。"出钱买平安是外公马帮壮大的秘诀。

董家马帮的消失，在古城商界算是一个损失。很多商铺老板主动将我外公赊给他们货物的钱送还我外婆和大舅，这也是通海商界人士诚信经商的一个缩影。很多商界老板对我外公的不幸和家道的败落深感痛惜。自然，忌恨我外公的马帮同行倒是少了个竞争对手。

几十年来，我母亲一直对外公的死、马帮被抢，对伙计的怀疑一天也没有放弃。按母亲后来的话说，外公染瘴气病体都拖到了新平境内，让伙计独自带马帮进新平城，就是致命的错误。当时尽管马匹都驮着货物，外公也该舍一驮货让自己跟着马队回新平城。只要外公在，伙计就算有异心也不敢起邪念，可外公精明一世、糊涂一时，竟然舍不得一驮货，让伙计独自带走货物，这样，伙计使什么坏都有机会了。母亲说，四五十驮洋靛、毛料毯子、在当时的通海古城都是稀缺货，特别是洋靛很值钱，如果安全到家，置几十亩田地，买半条街的铺面都不成问题。伙计没见过这样值钱的货，见财起意，谎称遇到土匪遭抢而黑匿了外公的全部货物，后来又借服侍我外公下毒毒死了他。虽然当时的客栈老板怀疑过伙计，但外公死在马背上却也没有验尸。我的大舅也赞同母亲对伙计的怀疑，却苦于没有证据。二十世纪三十年代，新平是土匪猖獗的地区之一，是否真的遭抢也难说。所以董家拿伙计也没有什么办法。

若干年后，母亲又说，当初我的外公要是安全地回到了通海，置了田地，购买了商铺，她家一定是通海的大地主兼资本家，那么十来年后通海解放，董家又要挨斗争，所有田产物业要被没收。

还是没有回来的好，母亲似乎怀有一种庆幸。然而母亲的这种庆幸自然是内心痛惜自己父亲的托词。我外公这趟马帮如果回到了通海，那么我母亲的命运就会改变，起码不会嫁到一个贫穷的家庭。也许外公会盖一幢青砖灰瓦具有滇南特色的大四合院，并保存到现在。也许外公会对通海的商业文化做出一些贡献。外公凭借祖上公孙翰林的文魁桂冠承袭董家文化，也许董家在他手上又是一个新起点。

然而，一切事物都有一种天缘所定的格局。福兮祸兮，祸兮福兮，世间的事物都是辩证的。

母亲是相信缘的，世界上什么事都有机缘和命缘。几十年来，母亲早就悟通了这一点。

岳父

　　岳父七岁那年，他的父亲将生意做到了通海古城，租了商铺后，岳父一家从此就安家通海古城了。虽然离开了山村老家，但岳父的母亲每半年就要带上岳父回一趟山村，看望岳父的祖父祖母。滇南多匪，历史有名。岳父的母亲每次回家都要先捎信去家里，再由家里叫上三四个家人护送往来，少年的岳父骑马，他的母亲坐滑竿。

　　岳父的母亲是个和蔼善良、十分遵循古规的人，回到了家乡，不管家族中有多少繁冗的礼数，她都一一尽到，叔伯妯娌逐一拜会，不管住多少日子，早晚都要给他的公婆请安，还给村里的一些贫困人家施舍些钱财。在往后的日子里，村里的父老有到通海古城的，只要找到岳父家的商号，岳父家都管吃住，因此，岳父一家在村子里的口碑很好。岳父的父亲是位精明的商人，经商诚信，童叟无欺，常常往返于建水、红河、蒙自一带，在同行中很有信誉。岳父念中学的时候，家里就给他说了一门亲，女方是县城一家姓沈的富家长女，就读于县女子学堂。岳父说他的未婚妻很漂亮，是学校里的校花，自然岳父年轻时也是很帅气的。

　　岳父十八岁那年和十六岁的岳母结婚了，他们可是门当户对，俊男倩女。在当时的古城街坊，他们的婚礼算是新式婚礼，结婚照很时尚，岳父西装革履，岳母着锦缎旗袍，披婚纱。岳父岳母结婚后，初中也就毕业了。岳父帮助他父亲料理商铺，岳母十七岁就生了孩子。那几年，岳父岳母的生活是最舒适的。

1949 年底，国民党军队溃败滇南，通海解放在即。岳父的父亲对共产党的政策和当时形势认识不清，带了些盘缠准备到境外发展生意。他的想法跟他从山村来通海古城做生意一样，在外面站稳了脚再来接家里人。于是草草安排了家里就只身去了蒙自，准备从河口进入越南。岳父的父亲还没走出蒙自，解放军就占领了蒙自机场和整个蒙自城。截住了准备逃往境外的国民党散兵和部分富商、土匪头子、恶霸。岳父的父亲也被当成外逃人员被扣留下来。岳父的父亲一介商人，哪里见过国民党残兵凶狠反抗，被解放军镇压的场面。岳父胆小的父亲和那些鱼龙混杂的外逃人员关在一起，吓得生了病，没几天就病死在了拘留所。幸亏蒙自有岳母家的一门远亲，知道了这件事，给家里寄了信，岳父和他的岳父到了蒙自草草地将他父亲埋葬了。

事后，岳父十分痛悔，说像他父亲这样的小商人，通海有几百，滇南有几千，就阶级成分也不过是小资产阶级而已，共产党、人民政府对小资产阶级是不会怎样的，他的父亲一辈子胆小，不懂共产党的政策，选择了外出而亡命他乡。家庭没有了主心骨，生意一落千丈。对于父亲的不幸，岳父在心里隐痛了一辈子。

1950 年土改，由于岳父家拥有大片土地，阶级成分划为地主是必然的，后来经商，最后成分是工商兼地主。

土改后，岳父家的生意就歇业了。在古城经商那几年，虽然生意兴隆，但岳父家却没有置得房产，商铺是租的，没有房产导致岳父家以后几十年里到处租房、搬家，为这事岳母抱怨岳父几十年。形势的剧变，加上家中主事的父亲死亡，岳父家的生活陷入窘境，岳父有两个弟弟加上他母亲、妻子、女儿一家六口人，生活的重担落在岳父、岳母肩上。幸好那年县上招考小学教员，岳父岳母都是初中生，就去报考老师，最后岳父考上，岳母落榜。从此岳父走上小学教员的生涯，岳母闲在家里生养了六个子女。

由于岳父家庭成分不好，他和子女们的工作都受到不同程度的歧视。岳父教书的水平在五六十年代的小学里算是一流的，他先被安排在城郊执教，没几年就被调到了通海最偏僻、最艰苦的老黑山，他一个人要承担一至六年级的课程。山区的教学条件是艰苦的，校舍是四面通风的破庙，他的宿舍后面是荆棘丛生、蛇虫出没的荒地，夜里常常被野兽的号叫惊醒。生病了还得硬撑着，从不落下学生的功课。在岳父的教书生涯中，从青年到中年二十多年的时间里，他从没有请过一天病事假，生病都自己忍受着。作为地主成分，在特殊年代里，运动一来家里要被抄，母亲被揪斗，子女们的工作也受阻挠，岳父的压力太大了。很多成分不好的老师，只要被人找个茬或言行稍有过激，轻者免职，重者坐牢。岳父事事小心，忍受着别人不能忍受的艰难，长年累月身处深山，再苦也不敢向组织申请调换学校，因为家里七八张嘴要靠他那点工资维持生活。

岳父是个对家庭、工作责任心很强的人，做事精细认真。每个星期回家，来回要走几个小时，待在家里的时间只有半天，岳父还要帮岳母洗衣、劈柴。十几年深山教书，岳父孑然一人行走在茫茫大山中，多次遇到大蛇拦路，野兽出没，但岳父都能化险为夷，平安无事。山村里的老乡都说岳父为人好，野兽不会伤及他。

由于岳父家成分不好，生活困难，六个子女的工作都受到了影响，只能参加街道或集体制单位的工作，学历最高的也就是初中毕业。尽管受到家庭成分的影响，孩子们在工作单位都很争气，工作学习都像岳父那样认真，一丝不苟，岳父母内心也感到快慰。

七十年代末，八十年代初，压在岳父头上那顶沉重的"地主子女"的帽子终于卸掉了，他从山村调到乡镇学校工作。岳父心情开朗了，子女们成家立业，他和岳母也进入了老年。岳父岳母的感情在子女们眼里是非常好的，几十年来不管遇到什么坎坷与风险，他（她）们都相互厮守着那份真挚的情感，共同承担抚育子女们成长的重任，共同呵护、维持着一个完整的家。退休后的岳父天天待在家里，围着岳母形影不离。岳父孙女的出世给他带来真正意义上的天伦之乐。那几年他除了带孙女，还忙着写回忆录。我看过他的部分手稿，几十页稿纸里面竟然没有一个掉字和错别字，让我这个自称爱写文章的女婿汗颜，因为我只要写上百十个字，至少要有三两个掉落之字，岳父的认真细致可见一斑。

岳父岳母的一生不容易，从富有殷实的生活走到清贫，又从清贫艰苦走到改革开放，有了衣食无忧的日子，从俊男倩女的妙龄，走到了两鬓如霜的古稀之年，他们经受了各时期社会的大变革，尝遍了人世间的酸甜苦辣麻。在他们迎来结婚五十年纪念的时候，子女们为两位老人举行了金婚纪念。十年后又参加玉溪市百对钻石婚纪念活动。从岳父岳母照片上甜蜜的笑容中，子女们看到了两位老人心中那份真正的幸福。

岳父岳母都做了曾祖父母，儿孙满堂。岳父进入七十五岁那年，经常闹头疼的岳母住进了医院，并做了开颅手术，十多天后同样头痛的岳父诊断出患了鼻咽癌。医生说像他这样的高龄，最多还能有五年的生命，两个老人同时生病、住院，给这个大家庭带来无比的伤痛，子女们默默地履行着各自的职责。岳父被大女儿接去昆明由她照顾做放疗，岳母在市医院住了一个多月康复出院。

岳父是个坚强的人，由于病痛，性格变得孤僻冷漠，话也少了，默默地忍受着癌痛的折磨。他在弥留之际，最牵挂的还是陪他走过六十多个春秋的老伴，因为岳母没有退休金，他想他的离去要给儿女们添负担了。岳父在患病的第五年，带着对相伴一生的老伴和子女孙辈的深深眷恋，于 2010 年 5 月 10 日那个晴朗的早晨安详地走了。当我将岳父的遗体从二楼抬到灵堂时，看着岳父那一米七几的身体被病魔吞噬得只剩一具骨架时，泪水模糊了我的双眼。多坚强的老岳父，从患病到过世，从没听到他哼喊过一声痛。

岳父走后的一段时间，岳母变得木讷沉默，子女们都知道，她在深深思念着跟自己相伴一生的老伴。

岳父没干过什么轰轰烈烈的事业，也没有显赫的地位，他是古城里普通百姓中的一分子。他教书育人，桃李遍桑梓，他默默无闻，但总有一些山区的老百姓记得他们的杨老师，在最艰苦的岁月里，在别人宁肯丢掉饭碗也不愿待的地方，杨老师却把心扎在了大山深处，把知识教给了大山里的孩子们。这是岳父此生最珍贵的一笔精神财富，也是子女们最值得珍藏心底的一份荣耀。人的一生总有许多的遗憾。我的妻子、岳父的三女儿，在岳父过世后总叨念着他爸生前没坐过飞机，养育了六个子女，辛苦了一辈子，一生中还只有大女儿二十几年前带着岳父岳母走了趟北京和大女婿的家乡重庆。妻子的念叨自然也是我做女婿的一种遗憾。六个子女想将这遗憾弥补在岳母的有生之年，我们众子女孙辈组成一个旅游团，带上岳母坐了一次飞机，岳父九泉之下会感到欣慰的。

古城记忆

母亲不识字，但记忆力是非凡的。

我是听着母亲讲故事长大的，母亲同样是听着她母亲讲故事长大的。其实所谓的故事不过是我们世代居住的脚下这片热土——通海古城几百年来的一些市井、民俗旧事。旧事也是事，很多故事就是旧事的载体，所以我一直将母亲讲的旧事当故事来听。

母亲说，以前的通海城分里城、外城，里城被城墙围起，东西南北各一城门，南城门、北城门最为雄伟，外城围城的屏障叫栅子，照样四个方向各设一道栅子。

里城、外城构成通海古城，青灰的瓦屋整齐别致，街巷全用青石条镶铺路面，路面两侧的墙脚缝隙长着青草，雨天雨水将青石板冲洗得洁净明亮，街巷两侧的排水沟，响着悦耳的水声，偶尔有青蛙、蛤蟆在排水沟中游动，夜间的蛙鸣和打更声是催人入眠的音符。

我曾幻想过，如果时空凝固在一个格定的环境，那么站在秀山之岭，收入眼底的将是一座完整的青砖灰瓦的古城。

历史的变迁往往是以付出作代价。专家学者们呼吁：对有代表性的古代建筑手下留情，给子孙们留下一点历史的痕迹。但之后的场景仍令人心扉震颤。

在推土机的轰然声后，接着出现的是水泥钢筋。一幢幢高楼矗立起来，一片灰色的瓦屋荡然无存，这是历史的变迁。人们仰望着高楼大厦，可能眼睛放亮，同时也感到世界变成了一个样，继而人们出现了视觉疲劳，寻思着去寻找消失了的、我们曾经有过的另一种感觉。有那么一天，从电视报刊里看到中国的某地保留了一座古代城池、古镇、古村庄，那里的旅游业十分的火爆，这时在一起闲聊的通海人也许会不屑地说，要是我们的通海古城还在，旅游业也会十分火爆。

可以说论通海古城的文化品位久于丽江，次于山西平遥，"礼乐名邦"的桂冠十九世纪就高悬于古城城南的月楼。

历史的痕迹总是牵系着人们去追忆，去捕捉远去的、消失的印象与往事。在母亲的印象中，最使她称道的是青灰色的古城城墙和城墙下的护城河，河水清澈见底，护城河沿岸长满绿绿的青草，杨柳依依。母亲说，城里城外布局整洁的白墙黛瓦，每条街巷地面镶铺的青石条，折射出五彩的光芒，纵横东西南北的街巷路面，在冰轮吐辉的夜晚，青石板为黑暗的古城交织出一道道银色的亮光。

母亲记事的时候，通海古城商号有几家便开始使用汽灯了，这在当时是非常了不起的。店铺打烊，关门灭灯，不到九点钟，整座古城陷入了黑暗。只有打更的梆子声，十步一响划破宁静的古城：各家各户，小心火烛。警言响过，小儿听着母亲讲《老鼠娶媳妇》或背着《三字经》进入了梦乡。

三更后，秀山涌金寺里的大钟声也敲响了，母亲说涌金寺的钟声能响到江川的甸苴坝。

三更鼓响，大钟声罢，古城里各类作坊已起床为白天的生计忙碌。摆小吃摊的，卖糖稀饭、山药粑粑、豆腐脑、油条、包子的，陆续挑到古城各街巷道，吆喝声此起彼伏。

有出城的马帮，马脖上的铃铛伴奏着马蹄踏着青石板的声音，很是悦耳，赶早市的城里城外的人见有马帮都要驻足，晨雾中一定要看清是哪一家的马帮赶路出城，有可能的话还要打听这趟马帮是走磨黑普洱，还是去墨江做买办，为的是收集一点饭后茶余的古城新闻。母亲说古城太小了，巴掌大的地方，谁家有点芝麻米粒大的事，不到半天工夫就传遍了全城，久而久之，养成了古城很多人爱管闲事、爱嚼舌头的性格，特别是老女人。张家的碟大，李家的碗小，她们都管得到。然而爱讲闲的人多，自然古城里的信息也就传得快，这不失为古城里的一种民风。

母亲家是赶马帮的，母亲说头扎大红球的头马在城下和栅子门前仰首长嘶，惊醒了夜里抽大烟的还在打呼噜的守城门守栅子的守夜人。本不到开城门栅门的时辰，无奈赶马人要早上路，这不刚巧守夜人口袋里没了下一次的洋烟钱，守夜人较真了，不到时辰不开栅门。干练的马帮老板叫守夜人出来一下，其实守夜人早窥视着赶马人的举动了，他们一露面，一包用红布包的三五块大洋就扔上城墙和栅门里。

守城人得了银钱，城门栅门自然开得大大的，不免对马帮老板说上几句大吉大利的祝福语，马帮老板心里也暖暖的。

母亲说，通海古城二三十年代公厕少，大部分厕所都是在自个家里，但这种有厕所的大院为数不多，没厕所的人家，同住一条街巷的只能到有厕所的人家去解手，有厕所的人家很喜欢别人来上厕所，喻招财，通海俗话：山潮水潮不如人来潮，图人气，还有粪便能卖钱。除此之外，家家都有一个叫脚盆的便盆，用于夜间起夜。很多人家门外背阴的墙脚，都放有一只木桶，专用于存放夜间解的尿便，这种木桶大多是城外农民放的。木桶里的尿便他们三五天来清理一次，不用付钱，地里的蔬菜熟了送点给倒粪便的人家。于是古城的早晨最惹眼的是女人们从不同的方向端着脚盆走向木桶，家里有厕所的就不用端着脚盆招摇过市了。母亲说，古城男人很少有端尿盆去倒的，一是男人做生意早起，二是男人有抽洋烟的习惯，熬夜深，这种男人通海人叫大烟鬼，又叫烟死鬼，所以端尿盆就成了女人的专利。母亲说，通海古城的女人最爱在厕所里讲闲，古城的厕所不分男女，厕所被两个女人占用，后面的人得另找去处。女人在厕所里讲闲磨蹭够了，脚腿也蹲得麻木了，这才起身离去。母亲说，人生在世吃喝拉撒是大事，古城的厕所成了百姓的难题。

母亲说，那年头家里有个厕所，就有一份收入。每家的厕所都被乡下农民认租下来，每年或每月给多少钱不等，蔬菜、庄稼收成了还得拿些给粪主。因粪值钱，通海古城演绎出一句歇后语，比喻吃饭早的叫"吃了攒屎卖"。

母亲的母亲给她讲通海古城建城始末。传说古代人们建城时准备建在西边的桑园，一位风水先生找到县太爷说，此地不宜建城，地质太硬，若建城，城后有穷山，城前地下有股恶水，穷山恶水易出刁民。知县按风水先生的指点向东移了四里地，风水先生说，此地面水水柔，靠山山秀，虽出不了将军武士，但此乃文秀之地，久后文商必盛。

风水先生的话果真应验了，通海古城民风淳厚，尊崇圣贤，文星巨贾历代辈出，以文治家，古城里没有男尊女卑的戒律，有钱人家女孩也念书，古城私塾遍及街巷。私塾先生们一袭灰布长袍，一把戒尺，一壶清茶，一只银制的水烟锅，讲文断字时摇头晃脑，仿佛没这样的做作就没有先生的斯文。利用三本中国儿童读了几百年的"三百千"，摇头先生们启蒙着古城的少男少女。

崇文是古城人的美德，文庙街、文星街、文昌街、文献里、崇文街与文息息相关，文在古城人心中的分量可窥一斑。

通海古城是块佛地，佛光普照着通海阁楼这颗金印，古城人都有一颗慈善的心，敬佛念佛。在以儒家、佛家、道家思想衡量做人准则的氛围下，这个人口不足五千的小城，在十九世纪中叶呈现了"南朝四百八十寺，多少楼台烟雨中"的景象。城里城外有宗祠、寺庙、庵院近40座，古城平均每62.5人就拥有一座庙祠。庙祠遍布古城各条街巷，古城的穷人在祠庙里为无病无痛、清清平平祈祷，商人为生意兴隆祈祷，为马帮平安归来祈祷，官府官员为风调雨顺、物阜民丰祈祷。古城一年四季庙会不断，佛事不断，祭祀不断。文庙每年祭祀孔子的活动最为隆重，届时钟鼓齐鸣，香烟袅袅，上至县知事、学士、儒生，下至工商农庶，手拈信香对孔圣顶礼膜拜。

古城人向各自信仰的神佛祖先焚香化纸，香烛烧得古城云雾缭绕，香气袭人。古城人的宗教信仰之盛是空前的，于是有了通海古城人的钱不是吃了是烧了的说法。

宗教的盛行，带来了冥文化的发达。母亲说，仅县城从事捶锡箔的专业户、冥纸店就有十五六户，还不算零散的冥钱香火店，靠帮人捶金银、粘锡箔养活着古城几百女人。我母亲说她粘金箔的手艺是一流的。

古城的锡箔不仅供给本县、邻县，还远销暹罗、安南。

小小县邑，竟有如此众多的寺庙、宗祠、家庙。1950 年，通海解放，所有的寺庙、宗祠全部做学校、工厂、机关之用。通海的寺庙、宗祠为教育事业派上了用场，直到二十一世纪，县乡镇仍有部分学校设在家庙、宗祠里面。

自古中国有三教九流之分，古城人奉行孔孟、老子之道，尊朱子理学，历来有"不以善小而不为，不以恶小而为之""己所不欲，勿施于人"的美德，讲究八端、孝悌，兄弟叔伯和睦相处，侍奉父母至孝，对国家民族至忠。古城商人素以儒商而冠名，以仁从商，以仁教化愚钝，以仁化解社会矛盾，以求和谐安宁。古城人崇尚儒学思想，以朱子理学为治家之道、做人之本。古城人诗书礼乐仁爱的修为，是为追求最高的思想境界——慎独。

儒家思想的博大渊源濡染着一代代古城人，家堂上敬奉的"天地国亲师"牌位，是通俗化了的儒家思想体系，形成了古城人日常生活不可缺少的规矩礼仪。古城人将大自然视为神圣天物，视国家利益至高无上，师长的教诲、祖宗的阴德人人铭记，成了人们的思想寄托和精神支柱。

大众化的儒术礼教教化了古城人的思想品德，谁逾越了礼、仁、孝、忠的范畴，谁就是粗俗之人，要被唾弃、被诅咒。古城人素来"循规蹈矩"人人互相尊敬，这是古城文明的正面。忠孝贞节，三从四德，从一而终，浓厚的封建礼教同时也变成了禁锢古城女人命运的枷锁，守妇道剥夺了女人的婚姻自由，女人不能自由恋爱，女人不能和男人同桌用膳，女人例假不能进寺庙、宗祠，寡妇不敢串门。母亲说，女娃娃最怕的就是裹小脚，七岁那年，她的母亲要为她裹脚，她父亲是赶马帮的，思想比较开放，理念明智，他首先反对我的外婆为我母亲缠足。外公懂得民国政府的新生活运动，新生活运动中就有反对妇女裹脚束胸、对妇女人权不尊重、不健康的条文。外婆对外公的阻拦不理解，争辩说，自古女人不裹脚，马夫挑夫都看不上，女人裹得一双小脚才有福。礼教中的夫权，最终使我外婆让了步，我母亲免遭了缠足之罪。

母亲说，女人缠足在古城是被当作守规矩、遵礼节的教条，古城缠足的历史自十四世纪沐英平滇，受中原文化的影响，十七世纪后缠足在古城空前盛行，脚缠得越小身价越高，三寸金莲更是身价百倍，于是古城街道上的小脚女人，小的十二三岁，老的七八十岁，走路都一个样，鸭鹅似地摇摇摆摆。

通海古城小脚的盛行，产生了一种行业——纺织裹脚布。古城人纺织的裹脚布，质地细腻洁白，远销外地，很受小脚女人们的喜爱。爱干净的古城女人，裹脚布用到烂也不能有污点，这也是古城女人干净、勤快的标志。

母亲说，古城的小脚女人脚小得出奇，小得闻名，江川、临安、石屏的土匪攻打通海县城时最大的心愿就是抢一个通海城的小脚女人做压寨夫人。阳历五月五日是通海古城女人集结"三教寺"洗小脚的节日。这天，城里近邻的小脚女人们将平日不能轻易裸露的畸形小足，浸泡于清泉之中，尽情洗搓修剪，她们要在这天洗掉一年的病痛、一年的灾祸，洗出一身清洁，洗出大富大贵，洗出儿孙满堂，洗出如意郎君。这样的洗小脚盛况竟被上海点石斋画报的一位记者发现，作为一种民俗文化被历史描绘记录下来，通海三寸金莲由此远播。

中国的女人裹小脚，是世界独创，是摧残也是文明，有谁料到，二十世纪在中国通海生存的最后一代小脚女人不甘寂寞，勇敢地摒弃羞涩，摆脱锅碗瓢盆的束缚、儿孙的缠绕、男人的呵斥，走出家门，现代化的体育场与她们结下了不解之缘，她们表演的太极剑、地掷球在省里夺冠。

当年这些天真无邪的女孩们被一条雪白的裹脚布将两只娇嫩的小足紧紧挤压成畸形，当她们摇摆着风雅的步子，当她们走入暮年，风靡世界的现代迪斯科，将她们笨拙的身子变得如此灵巧。迪斯科的乐感，迪斯科的舞姿令她们如痴如醉，小脚老太太们跳出了风韵，跳出了特色，跳出了个性，跳得飞扬，跳得令洋人瞠目称绝。

古老与现代在古城交织演绎出的蒙太奇让人不可思议，这群小脚老太太的迪斯科、太极拳、地掷球表演在意大利都灵市举行的第48届国际体育电影节上获得了"比蒙特省奖"，通海古城的小脚老太太的形象被摄成纪录片，走出了国门，让洋人叹服。

母亲说，通海古城分里外，只一墙之隔，城墙里称城里，城墙外称城外，城里人与城外人其身份与安全感有所不同。通海自古土匪猖獗，城外人要往城里躲，城外人有城里人做亲戚的自然有一种优势。

在母亲童年的记忆里，阁楼向北的青石条上长年坐着一个卖了一辈子花生、到了80岁还在卖的孤老头，城里捏着三文铜钱的娃娃最爱把钱送到孤老头的肚兜里，除了比别人多得几颗花生外，还能听孤老头讲讲了一辈子的一个故事——阁楼下压着的古井。

孤老头百遍千遍地讲阁楼的正中间有一口深不可测的古井，那是盘古开天辟地时造就的。一天，盘古要去见女娲娘娘，半途遇到一条怪龙挡住盘古的去路，盘古将其捉住，路经通海时将怪龙关进古井，却忘记了封盖井口。怪龙困于古井，上不能飞天，下不能入海，气得一个劲地吐水，水漫出井口淹没了通海。几万年后，一位仙人路过此地，用锡杖戳通了海面，露出古井，怪龙吐了几万年的水困了，长眠于古井，仙人用一巨石盖住了古井，大水一退，呈现了这块美丽富饶的土地。后来建古城时为防怪龙醒来，人们在巨石板上盖了塔形的阁楼镇住怪龙，古城得以升平繁华。美丽的故事古城人讲了一代又一代。居古城最高、聚奎阁楼顶的奎星点斗，奎星每天都在审视着谁家的子女读书最用功，是否尊重教书的先生、是否孝敬父母。每年大考之时，奎星就走下阁楼，用手中之笔在品学兼优的人家门楣上点上一笔，这一笔只有心地善良、吃斋念佛的人才能看出，且不能张扬。凡被奎星点中的学子，入仕后清正廉洁，爱民如子，子孙依然高官厚禄，若贪赃枉法，欺压百姓，奎星就将他们的子孙点化成呆子痴人。奎星是古城人心中的圣贤。

母亲说，财神庙里的财神，古城人称白二老爹，专惩治为富不仁的奸商和扣斤少两的商贩。每到深夜，商号柜台上的老板们习惯点上烛火结账，白二老爹的长嘴烟斗伸进哪家商号往烛火上燃烟，此家必是仁慈和善之人，生意一定红火。若白二老爹伸进的烟斗不燃烟并将烛火吹灭，此户老板就得闭门思过，痛改前非，直到哪一天白二老爹用他的烛火燃了烟斗，生意方能兴隆。

神话有历史出处和渊源，古城的神话故事丰富多彩，正是这些永远说不完的故事孕育了古城人，养成了古城人尊师重教的醇厚学风。以诚实朴质的品行走出通海的官吏学者，不负故乡人民的期望和师长的培育，忠孝国家，勤政为民，政绩卓著。古城商家诚信的声誉远近有名，"生意兴隆通四海，财源茂盛达三江"，童叟无欺，济贫扶弱，商德风范历代相传。

从阁楼高悬的匾额可以概括通海古城远去的沧桑和辉煌。"冠冕南州"给古城加冕了耀眼的光环，这光环是历代古城人勤劳智慧文明的结晶。地理环境、人文景观造就了古城的闻名，秀丽山水滋养着古城人不同凡响的思维。北城月楼看烟波浩渺的杞湖，是上天赐给通海大地的一颗明珠。清柔的湖孕育了古城人的丽质、温和与善良。依偎城南的秀山，以它的葱郁灵秀哺育了古城人知书达理的儒雅风度、淳朴民风。"高拱辰居"的古城以它深沉厚重的古风色调，构成一座凝固的雕像立于滇南要冲，以儒学、商业、手工业、食品业的繁荣赢得"小云南"的桂冠。

通海古城以聚奎阁为中轴线，将古城分为四块——东西南北街，南北是大街，北大街东西面穿插兴家巷、盐店巷、高家巷，南街东西面穿插阚家巷、福兴街、祁家巷。

母亲说，北大街是历代官衙所在地。北街有座育婴堂，1923年前后，通海开创了官方福利事业的先河。育婴堂里被遗弃的大多是女婴，这些婴儿在育婴堂里得到人间的温暖，古城育婴堂的妇女们视这些婴儿为自己的亲生儿女，她们付出了博大的母爱，是古城里一股融融春风。

母亲说，北街的一座四合院里响起了西方悠扬的赞美上帝的歌声，耶稣堂里西方洋人的赞歌声和古城寺庙庵堂里的诵经声虽然极不协调，但西方的主和东方的佛在通海古城里相互包容，为各自的信仰构建着古城的和谐与文明。

母亲说，通海城里有一怪，南北街铺面帽歪戴。两条古城正街东西两排的铺子低矮陈旧，甚至歪斜，然而就是这条房屋低矮的南北大街形成了整个通海县金融商业的网络。古城各大商号云集于这条商业大街，杂货铺、百货铺、药铺、钱庄、清水洋烟铺、金银首饰铺、铜铁器铺、绸缎庄、馆子铺、糕点什锦南糖铺，招牌林立，人声嘈杂，是城里外最繁华的黄金地段。横穿阁楼的东西街则显清静，平时只有娶媳妇嫁女热闹一阵，行人稀少的巷道一眼能望到街头巷尾，偶尔能听到小脚老妇人的拐杖有节奏地敲着地下光滑的石板，清脆悦耳。

北城外过了护城河是官道，官道下是郊外，南街南面是城外之城，区域广阔，街道纵横。民国后期匪患随之减少，城里的富商看准了城外的优势，要出城扩大经营，城外的贫民要挤进城里寻找一块安全的栖身之地。一堵厚厚的城墙，两扇高高的城门演绎了古城两种阶层百姓的命运，城里城外的一堵厚墙仿佛隔断了千载年轮。商贾有填平南城下的臭水沟建一条商贸大街的实力，贫民要挤进城去寻块栖身地却要砸锅卖铁。

母亲说，商贸大街新市场的建成无疑是城外一道亮丽的风景线，给古城的经济注入了新的活力。商家将南北街的铺面变成分店，主店设在新市场。有了这条商贸大街，城外热闹繁华起来了。在新市场的商店里，男人可以买到藏青色的毛蓝布做的中山装或洋人织的咔叽布装，年轻的女人用上了外国的装饰品。几百年来，古城的小脚女人只能穿自己做的绣花小鞋，在新市场里小脚女人们第一次看到了用牛皮猪皮做的贼亮贼亮的小脚皮鞋。新市场的铺面开创了夜里营业的新鲜事，店门挂起了比油灯亮一百倍的汽灯。古城人认识了汽灯，使用了汽灯，汽灯给古城的夜晚带来了光明。顺城街的茶楼夜茶馨香，十字街的酒楼酣歌袅绕，太和街的烟馆云雾缭绕，祁家巷、张家家庙的戏园子乐鼓喧天，汽灯为古城人的夜生活增添了众多情趣。古老的街巷有了百家灯火的景色。

母亲说，城外的发展越来越让城里人眼热，有人纷纷向城外扩充，买地盖房、建作坊，城里人的优势逐步随着城外市场屋舍的迅速发展渐渐淡漠，城外人萌发了城里人那样优越的自豪感。

母亲说，通海古城的另一怪现象是，街面除了民国时期建的新市场，城里城外街面的铺子房屋没有一座像样的，而城外的背街背巷却建盖了一幢幢高楼广厦，庞大的民居群深藏在城外幽深的古巷里。古城的变化是神秘的，不露声色，仿佛深藏于闺阁的淑女，犹抱琵琶半遮面，让外地人觉得不可思议。但在人们的思维中古城怎么变依然是灰色调的，这种灰色调的内涵不是无生机的、暗弱的，它是一种永恒的色调，是世界不可缺少的色素。古城灰色的底是一个多彩纷呈的调色盘，正是南北大街歪斜陈旧的铺面才演绎了新市场整齐的高楼，正是城墙的阻隔，城里人走出城外，城外人才挤进城里，这是一种新旧交替，是历史发展的规律。一百多年前，帝国主义的坚船利炮打开了大清封闭的国门，掠夺了无数中国的财宝，同时也萌发引进了许多先进的科技文化，以致边陲小城的寺庙庵院里单调的诵经鼓乐应和着耶稣堂里的圣经赞歌，汇成了东西方文化交融的大合唱。

古城的青石板路面，不知碾过了多少春秋年轮，街面屋舍墙脚下红砂石的排水沟长满青苔，每条街立着的整块巨石凿成的蓄水缸，是消防用水的设施，它守护着古城的平安吉祥。古城人将水缸当水神来敬奉，古城石水缸一直存于二十世纪八十年代初，城镇扩建时才被弄走。

石水缸、青石板路面、红砂石排水沟是古城的风物特征，它们在向人们诉说着古城远古的历史。蓝天白云下古城的风物是灰色古城的一曲古典民乐弹奏的乐章，是一杯淡雅的、韵味无穷的清茶，这是小城的原汁原味。一百年后的今天，当这些古城的灰色消失殆尽后，小城人要寻觅一点祖宗的东西已无从着手，人们心里有一块无法弥补的空白。人创造了文明，有时人也在毁坏文明。

母亲说，我们通海这座灰色的古城是洞天福地，万物有灵，没有经历过战争的硝烟，更没有遭受过战争的屠戮。灰色瓦片下的陋室，曾诞生过古城人的精英，这些精英是古城的色彩，是古城的骄傲和自豪。一条宽仅四米长不过两百步的小巷，一间闻名的书楼走出了一位影响云南书法界两百多年的大书家阚祯兆，阚氏的一首《秀山古柏行》，其俊秀的行书，堪称清初云南行草之最，其优美的诗句寻古叹今。为避吴三桂的迫害离家九年，思念故乡古城和秀山的赤子之心在诗中表现得淋漓尽致。

阚氏的书法艺术是通海古城人一笔宝贵的精神财富。

同我母亲一条街的沈氏创建的"拨云堂"所生产的拨云锭，曾为大清朝廷的贡品，内销国内诸省，并于十八十九世纪走出国门，远销东南亚各国。通海古城随着小小的锭子眼药走遍广袤的中国大地，被世界所认识。古城沈氏锭子眼药的发明使无数的眼病患者拨云见青天。锭子眼药的发明在十七世纪中国医药业史上是一个奇迹，可与后来曲焕章发明的百宝丹相媲美。

"拨云堂"同时也成了中国清代三大名堂之一，成为近两百多年来通海古城的一张名片。

我母亲经常讲起她们董家祖上在乾隆年间出了两个翰林——爷爷董玘，孙子董健，通海古城人称公孙翰林，为此董氏后人自豪荣耀了一百多年。

道光年间，古城北街出了个在林则徐之前主张禁鸦片，官至礼部尚书、兵部左侍郎的朱嶟。朱嶟对当时主张将鸦片贸易合法化的朝廷官员给予抨击，并上疏朝廷申述：凡祸所存在之物，不可不禁，鸦片之为物，使国民腐败，民族衰弱，有百害无一利，今鸦片之毒，使军队沉沦于腐败堕落之渊，官吏与儒生亦染斯毒，人民德义标准从此低下……

朱嶟这段申述精辟透彻，他深为泱泱大清国被英夷鸦片所荼毒而忧心忡忡。朱嶟为官，一生廉洁奉公的风范深得古城父老敬仰，朱嶟没有辜负家乡古城山水的养育，没有辱没文明之邦的声誉。朱嶟于咸丰十年（1860年）出任全国会试大总裁，不畏上司权势所压，克己奉公为国家选拔人才，得罪了上司。通海古城有相（象）死朱（猪）瘟的掌故，指的就是朱嶟出任会试大总裁之时，中堂（宰相）暗示朱嶟，为他参加会试的侄儿开绿灯，录取后他会推荐朱嶟接替自己，以中堂一职换取侄儿的仕途。但朱嶟并没有这样做，反而对中堂侄儿严格把关，使其作弊没有得逞。朱嶟的刚直不阿触怒了上司，中堂到死也没有推荐朱嶟，后来朱嶟因审何桂清一案，气病而死。朱嶟死后朝廷谥号"文端"，有"学粹品端""克尽厥职"的赞语。光绪年间建"礼部尚书朱文端公故里碑"于古城东栅门外大桥驿道旁。

人杰地灵是外人评价通海古城的藻饰，"礼乐名邦"是古城人素质修为的写照。坐在阁楼下那几条青石板上聊天的老翁们，竟将朱阳知县大人的诉案部分代替，不得不让这位异地知县对这座古城的礼、仁、贤、廉推崇佩服至极，并亲笔题词"礼乐名邦"。

通海古城人历来将进公堂视为丢人现眼的事，于是街头巷尾的翁媪们成了民间调解邻里纠纷、家庭矛盾的非政府组织，为古城的社会治安稳定、民众团结、家庭和睦起了化解作用。

我母亲一生爱花，而花又是通海古城不可少的特色，花是文明美丽的象征，花是古城人心中的圣洁。种花是古城人生活中不可缺少的，花与城密不可分，花的绚丽渲染了古城的色调。生意、洋烟、土匪、茶与花是古城人饭后茶余闲聊的主话题。古城种花历史可以追溯到明初，明王朝战争的创伤逐步恢复，社会趋于稳定。古城繁荣的商业、祥和的社会环境，孕育了高度的文明。母亲董氏家谱载："永乐十三年，盛世升平，邑人兴植卉。农闲之余，置城郊田一亩为圃，培育卉苗，用卉苗兑米粮。"可见那时就出现了种养花卉的专业户。

花美化了古城人的生活。花作为一种绿色产业在古城历来占有重要位置。古城无家不种花，孤独老人种花，小家小户种花，没有院子的，花台门头上也得种上一盆看门花。大户商贾有花园、花圃种花，中产者有花台种花，寺庙庵院更是种的花山花海。春夏秋冬，古城无处不飞花，夜深人静街巷庭院的缅桂花、夜来香满城馥郁。古城里无论你走进哪一座宅院，甚至陋室破屋，首先映入眼帘的就是花，人们首先要观赏花，花使人驻足，使人流连忘返。

母亲清楚地记得，通海古城有八家富户营造的、代表古城花文化的园地——周家花园、朱家花园、张家花园、逸园等等，培植的都是奇花异草，十分高档。花园构造具有浓郁的江南园林的特点，小桥流水，假山池塘。古城种花世家——阚氏、孔氏、龚氏代表古城的种花水平。古城人培植的通海剑兰、桃、李、梅花桩、牡丹、山茶独占鳌头。古城盆景沿袭江南风格，又体现云岭高原的风貌，稳重而俊秀，动中有静，静而不呆，再现大美与大雅的气势，在云岭大地占有一席之地。古城有了花城的声誉，至今，通海两年一度的花街就是延续古城种花历史的载体。

通海花街十八世纪以庙会的形式出现，继而有了花鸟市场。大户人家的堂屋、客厅、走廊，用花、盆景营造气氛，墙壁配以书画、灯笼，以这种形式发展成了以花为主、灯为辅的古城一景。每年阳春三月，花灯节是古城最热闹的场景。古城的商人、儒生、雅士历来有春游芳草地，夏赏绿荷池，秋饮菊花酒，冬吟梅雪诗的情趣。

赏花在古城是品位极高的事，是古城人的大众文化，古城以花陶冶情操，与花融为一体，古城的"花桩百样殊"是一代伟人朱德委员长的赞誉，在中国花文化这本浩如烟海的巨著中，通海古城的花卉占有重要一页。

花与茶是文明的榜首，古城的茶铺文化是一个亮点，一座茶铺就是一个小社会。三教九流，往茶铺中一坐，三文铜钱一盅的糊米茶、菊花茶让茶客喝个够。进了茶铺，天南海北、市井杂闻、马帮、军队、剿匪、商号侃得世界海阔天空。打渔鼓、唱道情、说书，古城市井百姓的下里巴人，在茶铺里凸现出了古城浓郁的民间文化。高雅文化与通俗文化交融而形成的大众文化是一个民族最有生命力的文化。古城的文化从来不是单一的，地会有灯、有戏、有高台，庙会有儒、有佛、有道、有鬼神、有洞经。

母亲说，在古城饮茶的品位决定着人的身份。富人讲究啜茗玩茶道，小商小贩喝盖碗茶，庶民喝大碗茶，但各有各的乐趣和享受。三文铜钱进茶铺有板凳戏，有书听。分文不出的懒汉往茶铺门口一蹲，摆个大碗在地上，茶小二自会来加水，照样听书、听戏、喝大碗茶，这叫白听戏，白吃茶。常喝白茶、听白戏的，这戏这茶也不算白听白吃，茶铺忙时也时常帮挑几担大井水，归来的马帮进了大桥，喝白茶的也帮着打听这家商号马帮这趟买办的是普洱茶、新平茶还是凤庆茶，并将信息传给茶铺。手里有闲钱的古城闲客、戏迷、书迷时常打上二两白干、一包麻辣牛肉、两只卤鸡腿，拿到茶铺就着书桌请说书的先生又喝又吃，先生醉了，就讲醉书，乐得茶铺炸开锅。

古城富人儒士称茶铺为下三流待的地方，从不跨进，他们身上的衫子马褂是富有斯文的象征，不愿去当抹布抹桌凳上的灰尘。富人家里设有茶座，上等紫砂茶具，有丫头煮茶，有茶工摆器，定期邀约挚友亲朋轮换品茗。儒雅文人的茶诗会，饮茶间吟诗行赋作画，讲三国论红楼，话伯牙评子期，拨琴瑟，一番高文典故神韵妙弦的阳春白雪。

中国古代的每座城池，就是一本旷远博古的史书，从半坡遗址走下来的祖先有了造城的智慧，先造城，再造屋舍，城墙是安全的象征、抵抗侵略的屏障。秦砖汉瓦构造了中华大厦。通海古城的瓦屋城墙沉淀着深厚的历史文化。古城居民大多数是中原洪武年间随沐英平滇将士的后裔。当年先民们为有自己的栖身地，依仗强大的军事力量将尼郎境内的土著彝人赶进深山，掠夺了他们肥沃的土地，分封给了明军将士，将其变成了坝子的主人和土著彝人的统治者。明军拆毁了代表彝族风格的建筑，开始了大规模的筑城墙、挖壕沟、建房舍。明初，古城的房屋多为平房，随着社会经济的发展，清初出现了典型的三间四耳的楼房。另一类富豪商贾的深宅大院，与江南民居有同工异曲之处，又渗透了中原四合大院的风格。代表古城民居特色的几户庞大豪宅，前三院后三院，加偏厅中堂，书楼廊庑配花园，楼与楼连成一体，四院六院相通，这些宅院恢宏、华丽、深邃，室内装饰考究，每块挂坊、每扇门窗的制作均是精雕细镂，一座门头、一堵照壁的构造就是一件大型的石木雕刻艺术品，门楣上的瑞纹祥云、古典人物，照壁脊上的奇珍异兽，台阶上的石礅狮象瑞兽，线条柔美飘逸，栩栩如生。这些古建筑虽经历了两三百年的风吹雨蚀和地震灾害，依然坚固。居住在这些古建筑里的居民，不但感觉舒适温馨，还享受着博大文化的熏陶。通海古城的民居其深厚的历史文化积淀，给后人以震撼，令人叹服。

我的童年与通海古城墙是分不开的，在古城墙上躲猫猫、打野仗的情景到老也挥抹不去。我在哀叹古城的城墙被大规模挖拆。对这种过激行动提出过异议的古城有识之士，被打成反社会主义建设的"右派"。城墙一拆就没有了城里城外之分，拆城墙的灰尘弥漫着古城。古人烧制的硕大城砖，厚实的灰浆黏度不亚于水泥的强度，要知道水泥的黏性最多只有80—100年，这座古城墙可是近500年了。城砖被敲成碎片拌上沙灰用来铺路面，以此取代光滑的、静静躺了几百年的、车轮人马再走几百年也无妨的青石板。

古城开始变亮了，变得有色彩了。继而那场摧毁中国文明的风暴以摧枯拉朽之势，在古城里横冲直撞，真正代表古城文明的——门楣上的雕龙刻凤，石礅上的珍禽异兽，几何瑞纹图形、砖雕，照壁上的阿福，南城门里外的石碑牌坊，镶刻大龙的青石大水缸统统被砸烂。那时候我不知道什么是民族的悲哀，甚至参加了"革命行动"，做了屠戮历史文化精髓的屠夫，那时的革命决心，非一夜之间要把这座灰色的、到处充斥着"封建四旧"的古城捣个天翻地覆，明天一早就让它变成一座红彤彤的革命小城。古城再也无古的韵味了，灰色中渗透大片大片的红色。

我想，世界的文化历史名城，不就是前人创造的文化完整的或部分保存下来，交给后人，通过遗物来了解自己的民族文化，提高本民族的爱国热情和自豪感。

一百多年前，法国人方苏雅拍摄的几百幅老昆明的照片感动了昆明人，方苏雅的这些照片所摄取的市井老街古巷、商贩、兵弁、绅士儒士，是那个时代的生活写照，都是很平常的市景风物，但正是这些平常的东西再现了当时丰富独特的民俗民风和多元化的文化，新一代昆明人通过这些旧照片了解到了百年前的老昆明。这就是历史文化的价值和魅力。

中国保存得最完整的两座古城，云南的丽江大研镇，山西的平遥县城。平遥且不论，就丽江大研镇而言，城形与通海古城相似，大地震也曾光临过，同样造成了满目疮痍，然而几年过去了，大研镇还是那个大研镇。有人估算，震后仅祖国各地和国际援助，重建一个大研镇绰绰有余。如果那时丽江人头脑发热将大研镇那些破砖残瓦、旧墙陈土的破房大拆特拆，建盖一座一个模式的现代化建筑物的新大研镇，世界历史文化遗产名单里也就没有了"丽江"这个闪光的名字。丽江人完完整整地将这座残破的古城一点点地恢复，丽江人就靠着这座灰色调的瓦屋古城吃香了中国、吃香了洋人。除了东巴文化属于纳西民族特有的遗产，纳西古乐也被民间挖掘出来，不得不佩服丽江人利用、发掘古典文化遗产的远见卓识。丽江的外城依然高楼栉比，城市规划依然科学合理。多彩的色调映衬着灰色的瓦脊，相得益彰，如毕加索的抽象画，每一笔灰色永远都是协调美丽的。

通海古城南枕秀山，北临杞湖，山水城近在咫尺，这种自然景观是旅游业的黄金地段，旅游者借山水而抒情怀，追昔古而思感叹，通海古城、秀山楹联、杞湖渔舟，活脱脱构成了一幅山水城郭图。

我在拟想，通海古城方圆 2.5 公里的古城墙，城门洞上的月楼，城里外静谧的小巷，城脚下的壕沟，一切一切都完好，那将是一处影视拍摄的最佳基地。时空倒回明清时代，游人到了南北城门口，看到的是腰挎长刀的大清国威风凛凛的兵弁，可目睹明清知县断案的情景，可耳闻酒肆茶楼店小二的跑堂声，一定会惹得游人馋涎欲滴，去品尝通海具有地方特色的菜肴小吃。古城著名的食品作坊示范表演一定会将游人带到那古老的年代。徜徉在明清遗风的古城街巷，现代摩登靓女高跟鞋的落地声，一定比小脚老妇的拐杖声敲击青石板要清脆得多。冬暖夏凉的客栈里，古色古香的床椅，一定会让游客做个温馨的甜梦。要回家的游客早晨绝不会误了车船，城楼上打更的更夫有严谨的责任心，会准时为您报时，它的准确性不亚于五星级宾馆里纽约、巴黎、伦敦、东京的时钟。

富丽堂皇的四合六合民居大院，典雅幽静的周家花园、张家花园、逸园决不逊色于建水的朱家花园和江南名园。茶铺里的一壶糊米茶，让游人喝出糊香，喝得开胃。一出板凳戏，两场渔鼓道情可以让你领略古城文化的渊源博大。

这是充满古典色彩的乌托邦。通海古城的历史可追溯到西汉，清代赢得的"小云南"的声誉响遍云岭大地，有形的是老祖宗留下的古城文化、秀山文化。

通海古城的灰色调淡化了，变成了一座多彩而又称不上十分现代化的新型小城，这是历史发展的必然规律。历史文化遗产不属于哪代人，人类在不断地创造文明的同时，又不断地在毁坏文明，当人们发现毁坏了的东西有必要恢复，又返回来花巨资重修重建，然而那毕竟是复制品，不伦不类的通海古城再过几年也许再难寻到它的遗迹了。后人会不会根据史书记载和古城的名气划地重建一座以山水配套发展旅游业的古城，这很难说。这里要说一句，不一定古的东西就好、就有价值，女人缠足就十分糟糕。

冷兵器时代早已过去，古城墙已挡不住现代炮火的威力。但作为历史建筑文化，在完成了它的历史使命后，有条件保留的适当保留一部分，其价值是不可估量的，它们是人类历史的活化石，是民族的精神，是中华民族的瑰宝。

街灯

通海古城的街灯是儿时的我心中永远不熄灭的一束火花，街灯下有我金色的童年，它们给我和我那个时代的伙伴带来了无限的欢乐和趣事。古城旧事多，最多不过街灯下。

古城刚有街灯的时候，照明时间仅仅两小时，黄昏灯开，晚上九点熄灭。那时的街灯亮度低，但街灯的出现，给古城人带来了前所未有的新鲜感。没街灯的时候，天一黑，整个县城就沉浸在黑暗中。母亲说，以前整座古城正南街偶尔有一两家商铺点得起汽灯，对古城人来说那是件很稀奇的事了。

一盏街灯下，就是一个小社会。街灯还没亮，附近的居民就搬个草墩、板凳聚集在一起，人群中有手杵下巴闲聊的妇媪、有吸烟锅的老翁、有缝补衣服纳鞋底织毛衣的妇女、有做功课的高年级学生、有拣豆筛粗糠的农妇，更多的是我们这些少年儿童。女孩们玩丢手绢、跳大海，男孩们玩黄鼠狼叼小鸡、丢核桃窝、弹玻璃珠、躲猫猫，街灯下俨然一幅古城市民的生活风俗图。然而，人们聚集街灯下各行其是，一是图热闹，但最主要的是为了省下五分钱的油灯钱，就是在冬天，只要不下雨，街灯下都会有人做事。

二十世纪五六十年代，古城居民夜间照明工具都是煤油灯，俗称水火油灯。我家一盏煤油灯下，聚着三颗脑袋，母亲补衣纳鞋底，父亲看书或编火索（一种山草编成细绳状可以燃火抽烟），我做作业，我的前额头发往往被灯火烧焦。

有了街灯，不知是谁想出了利用公共资源的招，于是每盏街灯附近的居民不约而同聚集到了街灯下。哪家门前有街灯，是很受人羡慕的，而这户人家的草墩、板凳往往被人们借完。

街灯下除了我们玩的游戏外，最吸引我的就是那几位老翁讲古闲。他们讲《三国演义》《水浒传》《西游记》《说唐》，这对于我后来喜欢中国古典文学起到了启蒙作用。这群老翁们在不蹲茶铺的时候，能在街灯下坐到九点钟，没街灯的时候，他们说天一黑就上床，九点钟算是半夜了，所以不到熄灯的时候老翁们绝不提前回家。

一盏不太明亮的电灯，灯下两三小时的灯光照明，对每一个人来说都是十分珍贵。

夏天聚集街灯下的人们忍受着蚊子的叮咬，冬天街灯下的人照样可以忍受寒风的侵袭。我印象最深的是一位黄姓老农妇寒冬在街灯下扭草团的情境。她很会计算熄灯的时间，做完活，收拾妥当，走不出十步远灯就熄了。她背着扭好的草团摸黑回家，黄老妇很得意，常自言自语，唉，有了街灯方便了，做活不费油了。她自己算了笔账，街灯每月为她做夜活省下了三角钱的油灯钱。黄老妇的话现在人听起来，可能不相信，可那年头却是实实在在的事。

贫困使人的意志坚强，人们要适应贫困的现状，就会找到战胜贫困的办法。

一盏小小的街灯下，聚集演绎着那个贫困时代一群群小城市民的生活故事。人们有贫困年代的生活方式，有那个时代的欢乐与苦楚，宁愿被蚊虫叮咬，被寒风侵袭，为的只是省下一个月那几文油灯钱，一年下来就是三五元，够两个娃娃的学费，能解决生活中遇到的棘手问题。

我在街灯下度过了童年少年时期，至今留下了不能忘怀的古城旧事。我们的生活经历了贫困节约的时期，面对国家昌盛、物质丰盈的今天，除了珍惜之外，那段尘封的贫困生活的图景将在我心中永驻。

西牧奶奶的格调

一

离清明节还有几天，西牧来电话对我说，在给他奶奶、父亲扫墓的同时，还要告诉我一件事。

柴西牧离开古城老家已经四十多年了，他的奶奶和父亲去世后，他将他妈接到了省城。城市扩建改造前西牧闲置的老屋一直交给我代为管理，我曾叫他将老屋出租，西牧说不能租，他不愁那点房租，并放权给我在他老屋里种花、养鱼、喝茶、写字、画画。这么多年，西牧奶奶的老屋似乎成了我的私产。

西牧一直想着落叶归根，想着要在老屋死去。西牧对自家这座典型的明清古建筑，有着难以隔断的情缘。我和西牧同住水巷街，从小就是撒尿拌泥巴的伙伴。

西牧家的老屋前几年因水巷街扩建被拆除了。拆迁那年，西牧接到我的拆房消息，急忙从省城赶回来，他没有忙着去拿拆迁款，而是去找拆迁办的领导说："我家这座老屋是县城最具典型的明清建筑，完全算得上是文物级别，很有保存价值，请转告相关领导，是否作为古建筑文物保存下来。"

拆迁办的领导就纳闷了，对西牧说："不就是一所老掉牙的危房，奇奇怪怪，这些天县政协的什么委员、各方面所谓的社会贤达，都来阻挠拆除，但这是县委、县政府的决定，并报市里、省里，也同意了的城市扩建改造方案，谁也不能、也阻止不了。"

西牧苦笑着直摇头，他准备第二天再找县委领导努力一下，如果能保留下来，西牧决定拿出钱来对老房进行彻底的翻修，修好了交政府管理使用。就在西牧写报告的当晚，开发商连夜拆除了老屋。后来听人说，是西牧的出现使开发商怕夜长梦多，故提前拆除。那天西牧要我陪他站在空荡荡的、散发着几百年老墙灰陈腐气息的老屋旧址上发呆，我看到西牧眼眶有点红，继而噙着两颗泪水，半晌他一抹眼角对我说："走，喝茶去。"

西牧对我事先拍摄的他家老屋的几十幅照片很感激，我送给他，他竟说要给我一万块钱的稿费，我说是为你拍的，对老屋的怀旧我和你的心情是一样的。

二

时光如梭，岁月荏苒。转眼，我和西牧都是进天命的人了。西牧承祖传家教，加上天资聪颖且自己努力，虽然"文革"耽误了许多学业，恢复高考后的第二年他就轻松地考上了大学，而我仅仅读了个小学附设初中，不到两年就辍学替家里苦生计。

西牧学的是建筑设计专业，兼修中国古代建筑史。他崇拜梁启超先生的儿子，中国现代古建筑学的泰斗梁思成及其夫人林徽因，中国很多有名的古代建筑西牧都考察过。

西牧毕业后分配到建筑设计单位工作，二十世纪八十年代中叶，西牧辞去了工作跳槽下海搞起创业。

西牧这一举措，对我来说是一百个不理解，好端端的工作单位，高高的薪金，比起我这当工人的苦死累活一个月才百十元工资，西牧简直是立于天上，而我是仰望不到的。

面对改革开放后新型的市场经济发展大潮，西牧曾来信建议我到这个到处充满生机活力的社会上闯一闯，改变一下人生的价值，但我始终不敢挪动，要死守相对稳定的职业。

西牧下海后凭自己的专业成立了一个小建筑公司，搞起了房地产，西牧再一次希望我到他的公司工作，并承诺几十年的朋友，有福同享，可惜我天生贱命一个，不但婉拒了西牧的诚意，还叫他担心别让海水呛着。

西牧有家族经商的细胞，有经济工作的天赋和一定的眼光，下海短短几年，他洞察房地产的走向和国家现行的经济发展政策，在建筑房地产圈内游刃，不到十年时间就成了资产近千万的富翁。西牧从小心地善良，对长辈孝顺、对朋友诚挚，做了老板后也没有看不上儿时的朋友，只要知道朋友遇到困难，必出手相助。西牧常说，再多的钱财，生不带来死不带走，朋友情谊胜过金钱。

三

清明节头天，西牧回到古城，自从他家老屋被拆除，这几年西牧回来不住宾馆，非要住在我的家。

西牧叫上我来到水巷街，他的老屋遗址已建成一片绿化带，老屋的拆除，使西牧的心酸酸的，心里束了一个难以解开的结。

"你看那小片空地，政府没什么规划，我目测了一下，刚好够建一座老屋，我想买下空地，按照你拍摄的图片，原原本本地重建一所我家的老屋。"西牧指着离绿化带两百米开外的一块带有转角的空地说："空地右侧是新建的仿古街的尾部，建一座古典建筑正好与仿古街连接，形成一条整体街道。"

西牧要重建老屋，我没感到意外，也不怎么感兴趣，毕竟是新建的，就算建得再漂亮再豪华，会缺少老屋那种永远也找不回的情缘与温馨，老屋里有故事、老屋里有几百年的亲情，老屋是追溯人生悲欢喜乐的一本旧日历。

西牧说，等建房开工要我来做他的监工。对他的邀请我同样不感兴趣，但却勾起了我少年时代的诸多记忆，有人说，人到老的时候除了回忆，别无所有，此话一点不假。

我对西牧家的老屋和老屋里的主人——西牧的奶奶多少年来有着一种难以释怀的深切回想，西牧和我在老屋及老屋主人西牧奶奶那里演绎了许多童年趣事。

我第一次到西牧家那年刚六岁，住过低矮陈旧的、下雨天就漏雨的破瓦房，走进西牧家的大院时，尽管才六岁，但自然而然从心里萌发了羡慕。

西牧家的老屋尽管有一百多年历史，但在水巷街算得上是最气派的。镂空雕刻的正堂格子门、相房、书房上的锦窗，厅堂顶板的彩绘，镏金的梁头、斗拱、花枋，雕刻制作精美，柱墩石雕华丽细腻，宽敞的院心铺镶红砂石地砖地幔，院心配有鱼池、花坛，院内四围、排水石槽相连。老屋的大门重檐飞峻，斗拱层层叠叠饰以鎏金，美轮美奂。这就是我童年时期对西牧家老屋的印象。

西牧家老屋得以保存完好，主要是在那场特殊的运动中，他的母亲是单位的小领导，而他的父亲是通海一中的物理老师，"破四旧"刚开始他就将板壁上的古字画、木雕石刻上的瑞云飞禽用大红纸贴起来，奇鸟图案用红油漆涂上，用大红纸遮糊起来，写上伟人语录。当"破四旧"的"红卫兵"到西牧家老屋看到一片红，还表扬了西牧一家"破四旧"的革命最彻底。

水巷街其他的老屋就没有西牧家的幸运了，只要是"红卫兵"认为是"四旧"的都被敲碎、砸烂，甚至檐口下雕刻的云纹瑞图都被撬下抬到广场烧掉。

西牧从小就对他家的老屋感兴趣，用小木块拼接房屋模型，学着勾画板壁、锦窗的图案，然后拿给他奶奶换糖吃。他奶奶总把西牧画的那些近似涂鸦的草稿纸珍惜地叠起，像宝藏似地放到她床头的箱子里。

四

　　我跟西牧第一次到他家里，他奶奶那双皮塌了的眼睛，总是使劲睁大来盯着我看，"哪家的脏娃娃，你看他那脖子黑得发亮。你嬷不给你洗么。"西牧抢着他奶奶的话说："他是我的伴，在一条街上的。"

　　西牧奶奶这时候拉开抽屉，拿出三颗水果糖，一颗给西牧，递两颗给我，问："你叫什么名字？"

　　"狗顺，"我急不可待地剥下糖纸将一颗水果糖塞进嘴里。

　　"不好听，有些爹妈就是喜欢猫呀狗呀的，西牧跟你是伴了，我给你取个好听的。"

　　"不要，狗顺就是好听。"我毫不客气地拒绝了西牧奶奶。

　　"不要就算，我还想着给你取个有格调的名。"西牧奶奶显然不高兴了。接着对我说："下次来我家玩，叫你妈给你洗洗那根脖子了，小娃娃要爱干净才讨人喜欢的。"

　　"是我不愿洗，不是我嬷不给我洗，我最怕洗脸，一个星期才洗一次脸的。"

　　"喔哟哟，怪不得脏成个小花子。"西牧奶奶叫西牧不要约我到他家玩了，可西牧不肯，他就是要跟我玩。他奶奶说："那就别想吃水果糖，我见得牛脏马脏就是见不得人脏，看见衣服不干净的人，心里就烦。"

西牧家四口人住着偌大一所房子，闲置着好几间房，有街坊的人向西牧家租住，西牧奶奶的租房条件是孩子多的人家不租、不爱干净的人家不租，晚上必须九点灭灯入睡。世上哪里去找这样的租房户。没有要租的，西牧奶奶宁肯闲置，自家宽宽绰绰地住，图个干净、图个清静。

连着几天西牧都没有找我玩了，我老想老想吃西牧奶奶的水果糖了，于是主动到他家大门口吹叶子哨，逗引西牧出来。不一会儿西牧果然出来了，见了我说："你要来我家玩，吃我奶奶的水果糖，就要把脖子洗干净，脸一天洗一次，衣服要穿干净的，要不我就不跟你玩了。"

"是了，是了，我今天就叫我媄给我洗，名字也叫你奶奶给我取。"

"拉钩。"西牧诚挚地跟我拉了勾，随机递给我一颗水果糖。

为了得到西牧奶奶的糖，我忍受痛苦让母亲从头到脚洗了个遍，换上补着三个补丁的第二件衣服。

当我第二次到西牧奶奶的房里时，西牧奶奶眼皮一翻说："瞧瞧得了，瞧瞧得了，完全就是两个人样，那小脸可白了，比我家西牧还俊。"

我真不明白，西牧奶奶的那一两颗水果糖的魔力就这么大，竟然能让我服服帖帖地让母亲给我洗脸洗脖颈。以前一个星期洗一次脸还是被母亲揪着耳朵洗的。西牧奶奶的一颗糖不费吹灰之力就改变我童年不爱干净的陋习。同时我也接受了西牧奶奶给我取的名。

五

西牧奶奶街坊上的人都叫她施姨妈，背着她我母亲和邻舍也叫她施小脚，因为西牧奶奶的那双小脚裹得真的是小巧灵动。西牧奶奶曾为她的这双小脚自豪过，但也无奈心酸过。西牧跟我讲过他奶奶这双小脚的经历。西牧奶奶到了缠足的年龄，在古城，1921年前官府就已明令取消女孩缠足的陋习，但地处滇南古城，女人缠足的意识还根深蒂固地扎在民众心中，特别是那些高贾富有之家的女孩，更是把缠得一双小脚与自家的富有看得同等重要。西牧奶奶跟西牧说，她的父亲就不同意给女儿缠足，但她的奶奶对儿子的决定死活不依，说，人生得再漂亮，不裹脚哪个男人要，不给孙女裹脚她就去死。西牧奶奶的父亲拗不过母亲，于是请了全城有名的缠足高手，在西牧奶奶痛苦的叫喊声中让她做了古城最后一批缠足的人。但西牧奶奶的小脚也给她带来了荣耀和身价。

在封闭的古城推行改革谈何容易。古城的男人们，尤其是特别有钱的男人心中的择偶对象依然是人又美脚又小的女人。

西牧奶奶体形修长，小脚玲珑秀美，让女人赞羡，让男人眼馋，凭一双小脚就有了嫁好男人、好家境的筹码。西牧奶奶理所当然地嫁进了富有的柴家。

仗着娘家的殷富，仗着三寸金莲和亭亭玉立的身段，以及公立女子学校校花的称号，西牧奶奶成了西牧爷爷家唯一知书识字、能看《石头记》的儿媳。凭借对商号财务算盘珠子的娴熟，西牧奶奶压根儿没把她的几个妯娌放在眼里。西牧的爷爷年轻时论起相貌也算可以，柴家的男人文化程度也就够记个账、写个水牌什么的。所以柴家娶了个能写、能算、能看书的女人，西牧的曾祖父母像敬观音一样敬奉着柴家的女神。

西牧奶奶洗脚的时候，总是关着房门，除儿子西牧的父亲能进西牧奶奶的房，别人是不能进的。有一次，西牧悄悄对我说，看我奶奶洗脚去。我很好奇地跟着西牧进了正准备洗脚的西牧奶奶的房间。

"出去，你俩进来干哪样？老人洗脚小娃娃不能看。"西牧奶奶呵斥着我俩。

"我们只瞧这次，让我们看看柴奶奶的小脚。"我大胆地说。

"瞧瞧瞧，说来也不是哪样稀奇的东西，不就是双破脚，害死人的破脚。"西牧奶奶竟然骂自己的脚是破脚，我俩觉得好好玩。

西牧奶奶的小脚用近三尺长的白布紧包紧裹，刚放开的时候发出的那脚臭味能熏死人，我俩忙用手捂住鼻子。

"嫌臭了不是，我闻不到哪样味嘛。"

"还不臭呀，我们走，不看了。"我要拉还蹲着看奶奶泡脚的西牧，西牧拐了一下身不愿走。近一个小时的洗泡修剪，西牧和我在他奶奶的指挥下，给她抬水倒水，忙得不亦乐乎。

经过长时间的浸泡，西牧奶奶的那双小脚像团午餐肉。

"好看吗，这就是我们这代女人的脚，稀奇不？"西牧奶奶说着，翘起几乎要碰到西牧鼻尖的、散发着热气和一股肥皂清香味的小脚问西牧。

"难瞧死了，这是人脚。"西牧说。

"不是人脚，是猪脚、牛脚，你奶奶我这辈子是享了这双小脚的福，但又被这小脚坑了，不然我不会一辈子待在你们柴家，像我这年纪的、大地方的女娃娃早废除了裹脚，不被裹脚我一定会上大学，在省城的大学里做个女先生，现在早就是个教授了。唉！这都是命哟，一辈子就窝在这家里做了个俗民老妇。"

西牧奶奶用干净的布裹着脚，西牧就将换在凳子上的裹脚布放在洗脚的水盆里帮他奶奶洗涤。

"我孙子真懂事，这就是孝道，你要向他学。"西牧奶奶对我说。

接着她又说："以前有个没裹小脚的女人，快二十了还没有男人娶，一见别的小脚女人洗小脚，她就大哭。人呀就是怪，不想要的偏有，想要的偏无，后来我也想开了，一切随缘。"这是我第一次听西牧奶奶说了那么多充满无奈与悲戚的话。

六

　　我和西牧都上小学了，我大他不到一岁。西牧放学回家是做作业和跟他父亲、奶奶一起看书，我放学回家只能背上背箩跟本街的其他小朋友到秀山拾柴火。西牧的家境比我家好多了，他父亲是县一中的老师，母亲是国营电机厂的技术员。西牧有个哥哥，在省城当医生的大姑家没有孙子，在他奶奶一再催促，说不好听就是逼迫下，过继给了大姑家。西牧的父亲是典型的妈宝男，从不敢不听母亲决定了的事，倒是西牧的母亲干脆，过继就过继，别人帮自己养孩子何乐而不为。大姑家的生活比西牧家更好，有了这层过继关系，西牧家经常收到大姑家寄来的糖果、粮票和古城里买不到的各种食物、商品、用具。西牧还有个二姑在重庆，也是当教师，姑父是律师。姑姑对西牧奶奶十分孝敬，常常寄钱寄物回来，就是在三年困难时期，很多人吃不饱饭，西牧也没饿过肚子。

　　从我跟西牧做了朋友，不管有什么零食他都要藏着掖着不让他那吝啬的父亲看到，分我一半。西牧的父亲很鄙视我，也不喜欢我到他家找西牧，我最怕他父亲那从高度近视眼镜片下向我射出的阴冷的眼光。

　　西牧的父亲是个内向的人，不大爱说话，更不会笑，我从未见他笑过。但他最爱较真，钻牛角尖，对大人小孩说话都一本正经。西牧的母亲说他父亲是个又酸又腐、说话又不中听的臭豆腐。

西牧父亲与母亲的秉性有着质的差别。一个率直豪放、一个隐晦含蓄。

有了西牧零食的诱惑，我一天见不到西牧，就想流口水。同时我也成了他的保镖，但凡街坊、学校有同龄人欺负西牧，我会毫不犹豫、不顾后果地冲去拼命，保护西牧。有一次竟把一个街坊的小孩打得流了鼻血，被家长领着来我家向母亲告状。我自然遭到母亲的一顿棍棒伺候，事后西牧向他奶奶要了一角钱犒劳我，我也被街坊邻居称为惹不起的小恶霸。

西牧小时候身子骨没有我强壮，他没挑过柴、爬过山，家里有他母亲做家务，他奶奶规定孙子这个年龄，就是读书或玩。他奶奶说，西牧的父亲就是被她管得太紧了，除了读书，还是读书，限制了对外接触和做孩子特有的玩性，成了个书呆子，除了会读书、会教书、会咬文嚼字，社会上的人情世故一窍不通，她不能让孙子重蹈覆辙。西牧奶奶听了西牧说我保护了她孙子不被别人欺负，对我热情了许多，并叫西牧常带我到他家玩，并呵斥西牧父亲说，见了我不准做脸色给我看。有了西牧奶奶的话，他父亲也不再用阴沉的眼光看我了。有一次他问我："怎么看不到你做作业看书？"

"我不喜欢看书，也没有书看，作业做不做我嬷都不管我，只要把柴挑回家就行了。"我说。

"不可理喻，不可理喻，简直不把读书当大事，孔子云'学而优则仕'，你不把书读好，将来是做不了大事的。"西牧父亲连连摇头叹息，对我的话感到十分不解。"今天我教你读一首一个叫汪洙的宋朝人写的神童诗好不好？"西牧父亲脸色和悦地问我。

"好，好。"我以为他说的读诗是讲故事，我最爱听故事。

"这首神童诗的其中两句，是被历代读书人所尊崇的，你听好。""天子重英豪，文章教尔曹；万般皆下品，唯有读书高。少小须勤学，文章可立身……"

"不好听、也听不懂这故事，怪怪的。"我打断了西牧父亲摇头晃脑的吟诗。

"唉，孺子不可教也，朽木不可雕也！"西牧父亲又是一声重重的叹息。

我和西牧同在一个班，同是一个老师上课，同是一样的课本，西牧每次考试都是一百分，没有下过九十五分。而我语文最多七十分，算术最多五十多分。更要命的是西牧暑假、寒假都会接到大姑、二姑的邀请，上省城、到重庆，他外出的这段时间里我没有零食解馋，我恨他大姑、二姑的同时，心里盼着西牧快点回来。

西牧虽然小我近一岁，但他有一种独处的能量，这是他奶奶传授的。他奶奶对他说，人要合群，但也要学会独处，有时独处是人的一种享受、一种需要，人遇到不顺的事，要静得下来，从烦心的事务中解脱出来，通过独处得到情绪的释放。人品方面，西牧遗传了他母亲的仗义、豪放、诚实、低调，学养方面遗传了他父亲的严谨、缜密、不苟且。

家族的遗传基因好的都被西牧捡走了。他从小练就了静得下来，要动要玩把握得了分寸，对人对事认真诚实的品格，他不考一百分才叫怪事。

七

我和西牧十一岁那年，那场特殊的运动开始了。对于运动的理解跟我们的年龄一样懵懂。朦胧中我觉得学校开始没有了规矩，学生见了老师不用敬礼，不用喊老师好。对于我这个不懂礼貌的人来说，倒是少了许多麻烦，心里高兴。更让我高兴的是，老师上课不点名了，迟到、缺课、学习差，老师都不追究，这简直是天大的好事，我不用丢人现眼了，考个鸡蛋也没有人管。到后来，老师面对乱哄哄的教室宣布：愿上课的留下，不愿上课的自由活动，我不敢相信自己的耳朵，天下竟有这等好事。我是第一个离开教室的，我在离开教室的同学中寻找不到西牧，返回教室里一看，偌大的教室里空荡荡的只剩下四个人，两个女生、一个西牧、一个站在讲台上面容悲戚的老师。尽管教室里只有三个学生，西牧还是规规矩矩地端坐着。

我使劲地向他招手让他出来，西牧瞟了我一眼轻轻地摇了下头，眼睛又放回到了老师的黑板上。从那一刻起，我和西牧的不同人生命运痕迹愈发凸现了。

学校里没有了规矩，社会上的许多事也就没有了规矩，"文化运动"扩大，有单位的人都投入了运动。西牧奶奶在家里告诫儿子、孙子、儿媳，不能到秀山去毁坏佛像，不能去"破四旧"，也不能去抄"走资派""地富"的家。

西牧母亲告诉婆婆那些行为是"红卫兵"的"革命行动"，单位上的人轮不上。

"轮不上就好了，反正我柴家的人到什么时候都不做坏规矩、造孽的事。"西牧奶奶说。

西牧奶奶在家里叮嘱家人在运动中不能做没规矩的事，但运动中专门做没规矩事的人，是要找有规矩的人的麻烦的。

"破四旧"的人来到西牧家，要晓得这些人手里都扛拿着大铁锤、大铁锯。前面讲到了，西牧父亲做事缜密，加上学识的渊博，有先见之明，老屋内所有涉及"四旧"的房屋构建、壁画都被他提前用大红纸或木板严严密密地封闭遮住了，并写上了伟人语录，看上去屋里一片红。

"你们家自觉革命性强，是祖国山河一片红的缩影。""破四旧"的领导说。

"谢谢领导的表扬，我的妻子也是单位革委会的领导，应该带头'破四旧立四新'的。"西牧父亲说。

"但你们家门头上的那些雕刻都是'牛鬼蛇神'，封建思想的糟粕，我们今天就要破。"

"慢一下，哪敢劳烦领导动手，我家自个破，明天请领导来检查，保准一片红。"西牧的母亲正好回家，向"破四旧"的人说。

"破四旧"的人认识西牧母亲是电机厂的革委会领导，见过面，于是说："你也是领导，你家的'四旧'，你就领导着破吧。"

"破四旧"的走后，西牧的母亲对他父亲说："动手去吧。"

"你真要破大门头呀，大门头破了，风水就破了，整个家都要破的。你哪个时候当的单位领导，对家里还瞒着。"西牧奶奶急着说。

"叫你儿子故伎重施。"西牧父亲明白了妻子的话，赶紧找了木板，西牧母亲忙去商店买了红油漆，西牧约我一齐帮忙，半天时间，那座充满牛鬼蛇神的大门头，变成红彤彤的、写上了伟人语录的、革命性最炽烈的大门头。

八

运动中的各种风波，正以摧枯拉朽之势摧毁着被视为腐朽的人类文明，一种种新的潮流涤荡着人们的心灵。

这段时间，西牧的父亲只偶尔去趟学校，平时就在家里陪母亲喝茶看书。

这天，西牧的母亲突然对丈夫说："你能不能有点革命的劲头，参加到这轰轰烈烈的运动中去锻炼一下意志，整天无所事事，你这种天天喝茶看书的就是资产阶级的生活方式。"

听了西牧母亲的话，西牧父亲的书呆子气一下提到嗓子眼儿："你说我喝茶就是资产阶级，照你的歪门逻辑，我去帮你们厂写标语的时候，看到你的茶杯比我的大，那你就是大资产阶级了。"

"我那是搪瓷缸，里面没备茶，只装开水喝，你别找茬。我的话题是要你参加我这样的革命派，主要是锻炼一下你的软弱，锻炼你的男人气质。"

"我的气质非常高，我的眼界比你宽，要参加什么派，我在学校早就参加了，何必你来指教，我是物理老师，我懂事物的两面性，但我不懂你们的政治观，什么派我都不参加，我要做自由派，世界上有什么比自由可贵。"西牧父亲喘着粗气，情绪激奋地说。

"老柴你要认清形势，参加到革命派里，与自由主义作最彻底的决裂，作为一个单位里的革命派领导，我不能容忍自己的丈夫拖我的后腿，更不能容忍你彻头彻尾的家庭自由主义存在"。

西牧父亲看着妻子站在自己面前还想继续高谈阔论，知道再跟她理论下去纯属对牛弹琴，就两手捂耳说："我有我的人生坐标，你不能强人所难。"

西牧母亲每次跟丈夫拌嘴争议，最令她头疼的就是丈夫慢条斯理、阴阳怪气的辩白。这次西牧母亲面对丈夫，只能压低声音说："你这种对运动的消极负面言论就到此为止，我懒得跟你扯。"

西牧母亲看到丈夫闭眼缄默，晓得丈夫又使出了他的杀手锏。别看妻子泼辣、嗓门大、气势咄咄逼人，最后取胜的还是装聋作哑、语调不阴不阳的西牧父亲。

西牧奶奶在房间窗下，静静地听着儿子、儿媳这场十分无聊的辩白，最终还是儿媳败下阵来。她认同儿子的主张，什么派也不参加，有课到学校上，没课回家看书喝茶这很正常，很符合自家的生活方式，媳妇真的是强人所难。本想也去跟媳妇理论一通，但又想媳妇现在是单位的领导，也是柴家门楣的光辉，做领导是要以身作则，有了媳妇在外面挡风，有些事对家里是有帮助的，不能得罪媳妇。西牧奶奶灵机一动，叫西牧来到她专门喝茶的地方，递给西牧一杯绿茶汤说："端给你嬷去，让她喝了压压火气，让她尝尝茶汤的甘美。"

西牧是从不干预父母的拌嘴、争吵的，他认为这是父母各人性格所致，奶奶叫他端茶给母亲，他拒绝了："你知道我嬷不喝茶，你还玩茶格调气她，要端你端去，我不想挨揍。"

西牧长大后，有一次跟我说，他父亲身上有中国传统礼教意念的羁绊，他在家里是丈夫、是父亲、是儿子，儒家思想的核心是仁、义、礼、智、信、勇、诚、恕、忠、孝、悌的人道大伦，不管处在什么环境下，他都不能悖逆。他有一股文人的气质，他自称先生，他的理念是先生的骨头最硬，什么事、什么人、什么时代都折断不了知识分子的风骨。他崇信独处，认为沉默就是抗拒刚愎跋扈之徒最好的利剑。

运动中所谓的作为与不作为在西牧家形成了对峙，一边是父亲，一边是母亲，西牧和奶奶保持中立。

西牧奶奶这时也不清楚是儿子不对还是儿媳不对，最终西牧奶奶还是倒向儿媳一边。西牧奶奶对儿媳最看好的一点就是，虽然有时她嘴不饶人，但心里有事、有话机关枪似地放了就没事了，而且对她有孝心。运动中有一项叫忆苦思甜、吃忆苦饭的活动，街道上不分老幼，人人都得参加，都得吃用糠秕拌野菜的忆苦饭。西牧奶奶本来就有便秘症，吃了忆苦饭，大便三天也解不出，痛得直哼……是西牧妈找了开塞露为婆婆挤进肛门，一点一点将硬如石块的大便抠出。为这大孝之事，西牧奶奶感激了儿媳一辈子，也就从这件事之后，西牧奶奶对儿媳少了许多唠叨。以前她总嫌西牧母亲身为女人模样不算差，但却没有女人样，坐没坐相、站没站相，吃饭不上桌，不用瓷碗盛饭，只用搪瓷碗，身为女人不做女红，上街不化妆。是的，西牧的母亲出身工人家庭，家里姊妹多，哪像西牧奶奶。西牧母亲下班口渴，拎起水瓢往水缸里舀瓢水咕噜咕噜一口气喝完，吃顿饭不超过十分钟，婆婆说她吃饭不是吃进去，而是倒进去的。且饭量好，从不挑食，按西牧母亲的话说，只有桌脚啃不动，其他的什么都吃，故而西牧母亲的身体十分健壮，做事利落、果断。她还有一件事还得到婆婆的赞许，那就是喜欢看小说。

在运动中，西牧母亲对家族有着举足轻重的影响。西牧父亲的学校，要调查作为"臭老九"的他们家的家史，那个特殊时期，一旦介入调查对象，不调查出点什么名堂来是不会罢休的，是西牧母亲作为工人宣传队进入学校，以革命派、工宣队领导的身份阻止了学校的调查。

因为成分问题，西牧奶奶也被当时的街区革委会视为隐藏的阶级敌人，作为查三代的对象，但同样也被西牧母亲扛住了。因为丈夫是自由派，西牧母亲曾被上级质疑过，但西牧母亲反而将丈夫在学校书写伟人语录、宣传运动主题词展示出来，自称丈夫是宣传伟人思想的积极分子，这样又很顺利地过关了。并经西牧母亲对父亲的炒作，很多单位都请西牧父亲去书写伟人语录，一时还成了古城的公知。

就这几件事，西牧奶奶称儿媳是他们柴家的福星。

1976 年，运动结束，结果相反，西牧母亲曾经自豪的"革命派"，恰恰是祸国殃民的反革命派。西牧母亲被削去了领导权，由于认识错误态度诚恳，没有参加迫害老干部，只是站错队，于是没有做什么处理，让她回到了原来的技术岗位。西牧母亲说："我本是工人阶级，这叫返本还原。"

西牧奶奶为儿媳平安过了这一关，一连谢了三天祖宗保佑。

我和西牧浑浑噩噩地度过了少年时期。西牧在县一中读了高中，我初中没读完就辍学了，竟被冠名"知识青年"。是知青就得下乡，好在我和西牧都是独子，免于下乡。我们的生活依然没有什么变化，西牧除了找我，余下的时间依旧看书。

运动结束，学校逐步恢复了正常的教学秩序，西牧父亲在运动中坚持自由派，没有任何运动的劣迹，教育局要提他为副校长，他当即表示不接受。西牧奶奶倒很开心，运动中儿媳妇当领导，运动后儿子又要当副校长，这都是祖宗积下的阴德。这一次西牧父亲不听母亲那一套，什么读书不就为了做官，学而优则仕。西牧的父亲说："没学识的人才当官，有学识的人当了官他的学术生命就结束了。"

西牧父亲崇拜中国的知识分子，他将中国近代的胡适、金岳霖、陈寅恪、冯友兰、梁漱溟这些大知识分子、教授视为圣贤。西牧父亲感叹世风有了自由的氛围，他要吮吸着自由的空气做一个真正的先生。西牧父亲所谓真正的先生，都是为了一丁点儿事，跟西牧、跟妻子，甚至跟母亲、跟同伴大读哲理、事物的辩证法。此时，在他的眼里，一切都是俗不可耐的，只有他是鸿儒，别人都是白丁，随时以一个纯粹的知识分子而自居。

西牧说他父亲成了迂腐，母亲说儿子成了一坛酸腌菜，妻子说丈夫成了神经病。

"我这叫另类。"西牧父亲不以为然。

十

时间会淡化人们的意识，时间也会给人带来新的感觉、新的认知、新的追求。

西牧在恢复高考后的两年，考上了省外的大学，而我也在母亲的逼迫下，进了街道工厂做临时工。

西牧入学前约我到他家里喝了一夜的茶，西牧说要我常到他家里找他奶奶说说话，他奶奶早已将我视为她的孙子了。

读了大学的西牧常来信叫我闲时多读点书，复习一下参加成人高考。可我哪有读书的命，除了上班，一个月四天的休息日都是在山上砍柴、挑柴。我这个人最大的优点就是认命，人一旦认了命，再苦再难的日子过起来都是舒服的。

西牧的奶奶从孙子去念大学后，一见我就说："一年只见他两次面，还是你好，能天天守在父母面前。"我说："有本事的人才能闯天下，没本事的人只能窝在家里，西牧将来一定是您柴家的骄傲。"

"哟，你瞧瞧，人大了，嘴也会说话了，你有空多来看看你柴奶奶，我教你茶道，讲《石头记》给你听，还有我二姑娘给我寄了一台小电视，那东西可有意思了，西牧他爸正装什么线……"

"天线。"

"对，天线地线的，他爸说装了天线就能在家里看电影啦！到时你一家都来看。"

西牧家在水巷街是第一家有小电视机的，人人羡慕。跟西牧家邻里关系好的，西牧奶奶都叫到家里坐成一片，这又引起了好清静独处的西牧父亲的厌烦，叫母亲别喊人来看了。却遭到了母亲一顿数落："山潮水潮不如人来潮，小电视又不是你买的，我爱叫哪个来看是我情愿。"母亲动气了，西牧父亲也不敢再作声。西牧的母亲更是个开朗的人，只要愿来看的都欢迎，她说物尽其用，一人看也是看，十人看也是看。每天晚上只要小电视图像花了，我就得上屋去转天线、找信号，一晚要上三四次屋顶。到西牧奶奶家看电视也够受罪的。

物质文化生活的改变，政治环境的昌明，让老百姓的生活发生了质的变化。

西牧奶奶的生活方式逐渐向年轻时拉近，喝茶玩起了茶格调，她向我传授茶道功夫时说："正经的茶道要讲究茶的口感，中国有十大名茶，但我习惯喝思普产的陈茶，我父亲赶马帮走思普，做的大部分就是茶生意，我家的茶道是有渊源的，煮茶的水质山泉最宜，水不能煮太老，八成开就好，茶具以上等的江苏宜兴紫砂为最，瓷器次之，饮茶与饮酒一样讲究氛围、情绪，若能遇上几个茶友，讲着大观园里太太小姐的故事品茶那才叫妙。以前讲究的人家要焚香抚琴、吟诗，那才叫格调。"

人的秉性是难改变的，西牧的母亲一生朴素惯了，即使对现在的一些时尚也不感兴趣。照旧是以前的衣着、发型，喝水照样从小缸里舀，吃饭也照样用搪瓷大碗连菜带饭盛够，然后坐到院心的台阶上十来分钟搞定。

儿媳妇改不掉简约的生活习惯，西牧奶奶又忘了西牧母亲对她的大孝之举，忘了运动中她对家庭的守护，让家里避免了不必要的麻烦，西牧奶奶开始含沙射影地奚落西牧母亲，常在儿媳面前讲以前做女人的格调：有格调的女人、贤妇的标准：言不露齿、行不露趾，吃饭不能发出音声，讲话要轻声，莺莺细语，浅笑含蓄，走路要恭慎，不能东张西望，坐姿要端正，站姿要挺胸笔直，动作要稳重，不能有小女俗妇的矫揉造作。

西牧母亲听了婆婆说女人的格调不以为然，"没事，婆婆就爱格调这口，随她去。"生活上依然我行我素。

"你柴奶奶活得够累的。"西牧母亲对我说。

我发现我和西牧小时候在他家里没听到过西牧奶奶讲这么多的格调。后来我明白了，西牧奶奶是位相当精明的老者，解放后各个时期的运动，她嘴里的这些格调是不能流露的，她知道收敛，她知道祸从口出，这几十年来一直憋在心底。现在的社会环境，现在人们的精神面貌，人与人、人与社会的和谐呈现出了前所未有的变化，她憋不住了，她要释放自己的内心精神世界，她要彰显自己的行为，她这个年龄段老人的与众不同，她要施展自己在公立女子学校所学的礼数教养去凸现她的人生观、价值观。所以，西牧奶奶玩格调的理念，包含斯文、学识、享受、举止、服饰、首饰、化妆、喝茶饮酒。

西牧的母亲虽然不跟婆婆计较这些格调是针对她的，但有时会在西牧父亲面前牢骚几句："你妈是越来越不把我当人看了，整天里里外外跟人讲她那些破格调，酸得硌牙，我是工人出生，玩不来资产阶级那一套。"西牧的父亲却说："格调是文化，是雅士文人的专利，不是什么人都可以学、可以玩的。"西牧母亲一听丈夫的话，说："按你的说法，我就是你们家的一个用人，够不上你柴家的格调，你分明是在蔑视人，你跟你妈玩格调去吧，老娘不伺候了，明天回单位住。"

　　西牧母亲这一招实实在在地镇住了西牧父亲。这段时间，西牧父亲身体不好，浑身无力，什么事都怕做，母亲年岁近七十了，全仗大力饱气的西牧母亲持家，如她真的一走了之，那可不得了，要乱套的。于是只能好言抚慰妻子，暗地里对母亲说："请你老先生不要在媳妇面前摆你的格调谱了，人家要回单位住了，看你还摆什么格调。"看着儿子阴冷的脸色，西牧奶奶知道儿媳生气了。

十一

　　西牧奶奶听了儿子的告诫，西牧母亲在家里再也听不到格调的语气了，两厢无事。一天，西牧奶奶神神秘秘地将儿媳叫进她的房间，从床头一只红木箱里取出一个十分独特、别致、用铜皮包着四个角的檀香木匣子，拿出了一对硕大的金镯和一只镶着红宝石的戒指递给西牧母亲说："现在的女人都时兴戴首饰了，我柴家的儿媳也要戴的，而且这些都是真货，足金的。"

　　西牧母亲的心怦然一跳说："这是以前地主家才有的东西。"

　　"你别管以前以后，只管戴上叫那些小眼睛的人见识见识。"

　　"我不要，你给两个姐姐去吧。""她们是嫁出去的人啦，我这辈子没有什么值钱的东西传给你，就这点货。"西牧奶奶说着连木匣子一齐塞到儿媳手里。

"那我就留给西牧。"

家庭婆媳和睦了，西牧父亲的好运也来了，他被评为高级教师，是第一批享受职称的受益者，教师地位一个劲儿地提高，应验了他常挂嘴边的"万般皆下品，唯有读书高"的至理名言。

西牧奶奶在家里收敛了对儿媳的格调显摆，但在邻里街坊却开始了对别人生活方式和习惯的指指点点，处处显耀她的精明，找机会数落她看不惯的女人："十个女人九个说假话，三文钱买的东西说十文，市面上的地摊香水，偏说是法国的，以前我用过的法国香水洒在身上，两天香味不散，市面上的蒙人货，一天洒三次也香不到晚。"

女人穿上流行的新潮时装，露腿袒胸，走在街上有说有笑。西牧奶奶看不惯，但见到了又不得看上几眼，也要调侃一番："现在的年轻女人不分场合的满街嬉皮笑脸，在男人面前作羞作愧，轻薄造价，以前的婊子就是这个样。"

西牧奶奶的晚年很多时候都在谈论，人的归宿取舍是天所定，积德行善，这辈子有福，造恶作孽，这辈子就不顺，就受苦，就生活窘迫。西牧奶奶这个观点很符合我的认命论，她还告诫我说，年轻人要走的路还很长，在社会上会碰到很多你预想不到的事发生，一定要冷静对待，要学会舍与取的道理，该是你的别人拿不走，不该是你的想破头也得不到。你想要做的事做了却没有达到目的，但努力过就行了，说明这件事跟你无缘，你要的东西不一定能得到，不想要的东西可能会随时降临你的身边，这就是你命该得到的，但收无愧。人一生能享用多少衣禄钱财，生时就定下了，过分追求甚至妄想，只能是活受罪。做事做人最关键的是要把握个度，把握好适度原则，事情会变得顺利无阻；相反，把握不好度，带给你的一定是不顺，甚至是灾难。这个度的核心就是舍与取，该舍的时候大大方方、毫无顾虑地放下，该取的时候安心理得地取之，但取多了不一定是好事。

这是一位七旬老人一生所经历过、所悟到的粗浅的人生哲学，在她晚年的时候唠家常似地传授给了他孙子的朋友。

十二

鳞次栉比的现代建筑取代了低矮的土木老屋，古城渐渐褪去了陈旧的色彩，有识之士却在搜寻古城残留的痕迹，一切古老的东西，一下子变成了宝贝。秀山的旅游随之享誉各地，到古城秀山旅游的外地游客日益增多，游客中不乏学者、记者、摄影家、文学家。任何事情都有他的巧合性。就在西牧奶奶上了趟街的同时，她那双被水巷街邻居称赞为小、香、尖、灵的三寸金莲，被一位端着相机在古城里转悠的外地摄影家盯上了，尾随西牧奶奶找到了家里。

摄影家对西牧的父亲说明来意："中国妇女近千年来的缠足历史是一种弥足珍贵的文化，她要用相机为缠足历史留下真实的资料。"

西牧父亲是个文化人，一听摄影家讲文化，也符合摄影家的话题，且自己母亲的小脚在古城的确冠压群芳，也就没有拒绝他的请求。

西牧奶奶知道了摄影家是冲着她的小脚来的，又听儿子跟这个陌生的摄影家谈得甚欢，气得说："他是要卖老娘了。"

摄影家将闪光灯、焦距调好后，要西牧父亲去请他母亲出来拍照，而且要求拍时要解掉裹脚布拍裸足。

"妈，您的三寸金莲又吃香了，这位省城来的摄影师要拍照，把您的小脚作史料。"

"他嚼蛆！好你个耷耳朵狗，要卖你娘呀！"西牧奶奶一口唾沫喷在儿子脚下。

西牧母亲从厨房出来，指着摄影家怒道："我家老人洗脚，家人都要回避，提这样的要求是侵犯人权，严重伤害了老人的自尊。你请便吧。"

"不就拍张照，没那么严重吧。"

"要拍拍你妈去！"西牧母亲跳起来轰走了满脸沮丧的摄影家。

"哎呀我糊涂了，我糊涂了，这下闯祸了。"西牧父亲自知伤了母亲，连连向母亲赔不是，一头缩进了书房。

西牧奶奶自从碰到了这位摄影家要拍她小脚的事后，渐渐地身体、精神好像一下衰了许多，上街的次数少了，家里家外谈格调的声音也偃旗息鼓。我叫西牧回来将她奶奶接去省城换个地方住段时间，可能精神会好转一些。半年后，西牧奶奶又摔了一跤，断了两根肋骨，在疼痛中叫西牧送她回家。

西牧奶奶弥留之际，一想起陌生的摄影家要拍她的裸足，心中就一阵隐痛，冥冥中她仿佛觉得那个陌生的摄影家是索她老命的冤亲债主，儿子是那个冤亲债主的帮凶，这就是人的命数。

十三

西牧在仿古街尾，用了半年多的时间按我提供的老屋图片，建了一座纯土木结构的古典院落，他将老屋最精华的部分设计到位，是浓缩了的老屋的翻版。

走进西牧新建的古典建筑，装饰豪华，目不暇接，正客厅墙上挂着西牧用高档镜框框着的他奶奶那幅慈祥的黑白照，我久久地凝视老人的照片，想和老人对话。新盖的老屋有了西牧奶奶，这屋就有了魂、有了故事、有了亲情，就有了割舍不断的情缘。

西牧将公司的生意交给他儿子，他则回到古城新建的屋里。

"这些年大多时间都是隔顿不隔天拼酒揽生意，这些年所认识的所谓朋友，都是建立在彼此的利益之上，哪像你我五十多年的发小、管鲍之交，君子之交淡如水。"

"你这个身价上千万的土豪，跟我一个月收入一两千元的市井

西牧奶奶的格调
⁘⁘⁘⁘⁘⁘

小民混在一起，就不怕你们富人圈里常说的，物以类聚、人以群分，下了你的身价。"

西牧说，我命中带财，你命中无财，苦找苦吃，挣个温饱而已。但有千万也是一天，一两千也是一天，我广厦一座，夜间照样五尺闲床一张，我下什么身份。穷不过三代，富不过三代，这是有钱无钱的定律。你我已过耳顺之年，好好地在古城这座老屋里陪我们的奶奶品茶、发呆、回忆、玩格调吧……

古城清代著名书法家阚祯兆

滇南通海古城自古是文明之邦、礼乐之城，山明水秀，文人荟萃。以书法诗赋著称的清初邑人阚祯兆，他那"平和简静，遒丽天成"的书法艺术享誉滇中。

阚祯兆（1641—1709），字诚斋，号东白，别号大渔，通海县城人。生于书香门第，其父阚应宗是明崇祯宫中太医。

阚氏少负经世之学，聪颖过人，博闻强识，下笔千言。受到家庭的良好教育，除谙熟诗文外，酷爱书画艺术。四岁开始习字，在其父及本族文人的熏陶下，耳濡目染，苦临诸家字帖。后其父被召进宫中为太医，阚氏在其母向氏的教诲下，白天念书识文，夜里挑灯练字，小小年纪就以超常人的毅力，每天练字到深夜方上床就寝，十岁时练就了一手好字。据说他第一次书写的条幅是"闻鸡起舞"，可见阚祯兆从小就培养了坚韧不拔的顽强精神。小孩子的手是娇嫩的，可是小祯兆的几个手指却练起了厚厚的老茧，族人和街坊称他为"小右军"。

阚祯兆的书法天赋是极高的，他的字不论楷、行、草造诣皆深。学颜得其雄，学柳得其骨，学欧得其势，学褚得其姿。阚氏生性栖情翰墨，加之起步早、要求高，其所临摹的又都是中国历代的大家名帖，且他少年时代就大胆地摒弃媚俗，从他那幼稚的手下所展现出的尽管还不成熟的字幅中，就带有大家气魄，朴拙中渗透着灵秀，干涩中融有蓊郁的圆润，且挟英爽之气，充满青少年的血气方刚。

阚祯兆进入少年时代，其父已从京城宫中省亲归里，阚氏继承父亲医学，二十岁左右和二弟阚福兆设私塾学堂，广播儒学。阚母向氏生了四个孩子，阚祯兆是长子。父亲秉性开朗，对于家里外的事放得下手，都交长子处理。就在事务缠身的情况下，阚祯兆对书法的刻苦练习始终没有辍止，且书艺日臻成熟，所临摹之名帖竟能以假乱真，让同仁啧啧称羡。

青年时代，阚祯兆的书法逐步脱离了临帖，进入了自己的创作境界，并着重研究二王、张旭、怀素、苏东坡、米芾、赵孟頫等诸家的艺术内涵。王羲之是他最崇拜的书法前贤，他的书房里挂着《羲之趣鹅图》，阚祯兆常常在梦中与王相见，乞求教诲。由于吮吸了王字"乳汁"到了如痴如醉的境地，他的字无法跳出王字的范畴。进得去，出不来可不得了。阚氏认为墨守一家风格，是不可能有多大成就的，同样进入了诸家门，如果不渗透自己的笔法、自己的风格，所写的字必然是大杂乱，学到的东西也是前人的。于是，阚祯兆从书法内学书法走向书法外学书法，大胆地解开前人风格的羁绊，迸发了居高骛远、字不惊人誓不休的雄心壮志。带着前人给予的启迪，加上自身的书学天赋，阚祯兆从诸名家的围城中跳出来，走出了属于自己的学书之路。投入大自然中去撷取灵感，是阚祯兆在书法艺术成就上找到的一条必由之路，这条路是阚祯兆书法艺术取得成功的奥秘。

一个有成就的书法家，都有一种切身的感受，那就是在浩瀚的墨海里泛舟，时而坠入深渊，时而跃上浪尖。要到达成功的彼岸，只有挣扎、拼搏，绝没有捷径可走。

阚祯兆晚年在总结他几十年的书法生涯经验时认为，传统的技法不能不要，然而若被传统的襁褓束缚住脚手，字写得再好也是前人的，充其量不过是个书匠而已。

中国书法讲究美学，写出的字要有神韵、气魄、遒劲、协调、统一，方能达到美，而且是动态的美，才能使人在观赏时进入纯净高雅的飘然享受，这就是书法的真谛。阚祯兆悟出了这个真谛，开始有了自己的书艺面目。所以，还在青年时代的他写的字就有了健、力、美、豪放，充满生命郁勃。

书法外学书法，大自然是人类的知识宝库，知识宝库里的精髓又深藏在万物之中，需要人去探索，去撷取。阚祯兆就是一位善于捕捉大自然神灵的高手，他从翠竹的清高气节中寻找到了潇洒、飘逸；从松的气质中寻找到了挺拔；从梅的风度中寻找到了坚韧浑厚。还从秀山庙宇的佛像雕塑中撷取了大刀阔斧的深沉和严谨微妙的细腻。他常到秀山的沟壑静坐，聆听涓涓的泉水，从那悦耳的汩汩水声中得到了书法的俊秀、醇化、兰芬玉洁，从汹涌澎湃、万马奔腾的山洪暴风的气势中得到了书法的宏大魄力。

通海古城的秀丽山川养育了阚祯兆，他的书法艺术散发着家乡的泥土芬芳。尽管他的书法诗文名播滇中，为周边邻县文人学士所倾慕，但他却没有一点文人架子，常为百姓的红白喜事挥毫作书，从不收润笔。文人乡绅以得阚氏一幅联屏为荣。对于正直善良的乡绅和有才有德的文人要求，他一应满足，并时常毫不吝啬地救济一些清贫的同窗之友。而对那些地方恶霸、豪绅的索取欲，他们就是捧上黄金，阚氏也是睥睨不理，甚至拒之门外。可见阚祯兆在青年时代就是位刚直不阿、不畏强权、泾渭分明的书法学者，通海人民感其文德，称他为阚大公。

阚祯兆的青年时代，正是清人入主中原的时代。明朝重臣山海关守将吴三桂投降清廷，被封为平西王，派驻云南。通海离昆明近，各方面的消息很灵通，吴三桂要做云南王，长期统治三迤，很注意网罗云南地方人才。此时，阚祯兆风华正茂，才誉滇中，当吴三桂知道通海小邑出了个文才拔萃的青年，他特地修书临安府台，召阚氏到滇省昆明。

春风得意的阚祯兆早想进入仕途，做一番轰轰烈烈的事业，于是不顾亲友族人的竭力反对，执意从事吴三桂。

亲友族人反对他从事吴三桂的原因是，云南地处边疆，大部分中原人是明初沐英进云南麾下军人的后裔，阚祯兆的祖上就是沐英府前的军医。清八旗军队还没有大规模进驻云南，由于没有受清朝廷的统治和文化的奴化，云南大部分地区还在忠于、追念明朝亡主。对满族的入主中原是仇恨的，特别是对投降了清廷的明朝重臣洪承畴、孙可望、吴三桂这些人更是切齿之恨。亲友劝阚祯兆说，你祖上是随沐帅征讨的将军，又是沐国公麾下医官，你父亲是皇上宫中太医，算是出生于明臣世家，受过明朝俸禄，受过皇恩，万不能屈身于叛逆之贼，同流合污，朋比为奸，有辱祖先。

对于亲友的劝阻，阚祯兆不予理睬，反而耐心地对亲友族人解释说，吴王投降清廷是忍辱负重，他要借滇省远离中原，养精蓄锐，扩大军事力量，有朝一日挺进中原。我正是要帮助平西王反清复明，尽一个明朝臣民的报国之心，诸公请勿相阻，吾意已决……

于是，阚祯兆来到了昆明吴王府，受到吴三桂的召见。吴三桂见年轻的阚祯兆体态丰腴，一表人才，心里暗忖：面目倒是俊俏，但腹中之才若何却未知晓。于是，当着满堂文武问起阚祯兆话来，对吴的所问阚氏对答如流，吴三桂心中大喜。接着又对阚祯兆说，先生书法闻名遐迩，能否堂上挥毫，让本王和诸公一饱眼福？阚氏一口应承，凝眉屏气，将起袖口饱蘸浓墨，须臾四个行草榜书"威震三迤"呈到吴三桂面前。"唔，好字！好字！"吴三桂连声道好，并叫几个文官聚拢过来看。"实实在在的王右军风骨，年纪轻轻的能写出如此雄风大气的字来，不简单哪！先生果然名不虚传，吾王真是慧眼识英杰也！"文官们啧啧称赞。听到幕僚们的一片赞赏，吴三桂也十分敬佩阚祯兆，决定留阚氏在王府里做"秘书记室"。传说吴三桂对阚祯兆所写的"威震三迤"从字到意都十分满意，特地用金箔镶边制成大匾悬于王府中门。后吴三桂离开云南，起兵反清，此匾被滇人所毁。

从此，阚祯兆与吴三桂朝夕相谈，对如何长期统治云南发表了很多自己的见解，吴三桂认为很有道理，阚祯兆一时成了吴三桂的亲信幕僚、王府红人。

明亡后，由朱室宗亲带出来的几股武装及李自成的部分残余流落到了云南，各自建立了根据地，还有云南人民反清反吴揭竿而起的武装，这些大小武装力量是吴三桂统治云南的障碍，于是吴三桂不得不对各路武装进行清剿，大肆屠戮。经过几年的围剿，云南境内的反清反吴武装基本被剿灭了。

吴三桂还把俘虏到的明室臣子、李自成残部押送清廷请赏。云南大部分地区十室九空，田地荒芜，哀鸿遍野，人民流离失所。

对于吴三桂的种种行为，阚祯兆曾多次谏阻，他劝谏吴减赋税、轻徭役，对各地反清反吴组织采取收买笼络政策，也曾劝过吴三桂接受南明小朝廷的招安，在云南建立更加坚固的反清复明根据地，可是刚愎自用、一意孤行的吴三桂根本听不进阚祯兆的劝谏。阚氏逐渐看清了吴三桂的面目，他根本没有反清复明的意思，而是要把真正的反清复明武装力量剿除，达到建立自己王朝的目的。阚祯兆气得在心里大骂吴贼。

而吴三桂对阚的屡次诚谏很反感，认为他有犯上的行为，而且很多方面不能依顺自己的旨意办事，渐渐地对缄默不语的阚氏日益冷淡疏远。

阚祯兆以历史为鉴，臣子一旦失宠，敢于直言相谏的忠臣，惹祸杀头的事是迟早的。三十六计走为上。一天，阚氏借口家中来书，父母年事已高，需侍奉尽孝，请求归里。算是大幸，吴三桂准允了阚祯兆的请求，还从心里敬佩他的文才孝心，给了他许多银子，并赠给他一个清顺治皇帝送给吴三桂的御用大青花瓷缸。吴三桂的这些举动，是阚祯兆没料到的。从此，阚氏脱离了吴三桂的幕府，回到了通海。

出生于封建社会书香家庭的阚祯兆，受历史的局限，始终经受不住父母那种学而优则仕、读书为做官的思想压力，特别是母亲向氏总是把求得朝廷的一官半职，光耀祖宗门庭的希望寄托在长子阚祯兆身上。

阚祯兆自从脱离了吴三桂，已无心仕途功名，趋于淡泊，而且整日惶恐不安，害怕吴三桂加害自己。为遵母命，借着京城会试的机会，于康熙十一年（1672 年），31 岁的阚祯兆与弟弟阚福兆告别了妻孥父母，赴京会试。

上京会试的途中，阚祯兆饱览了名山大川的风光，每到一地必询问有何文物景观、名碑佳联，并一睹为快。在天府之国的成都，阚祯兆拜谒了从小敬慕的诗圣杜甫的居外——杜甫草堂以及孔明武侯祠名胜。面对二位前贤阚氏感慨不已，并在九年后将这种感慨写进了他那首不朽的诗篇《秀山古柏行》中。

阚祯兆京师会试未中，与他的无心仕途，在旅途中抱着醉心于山水文章，优哉乐哉、玩世不恭的态度有很大关系。在京城，阚祯兆看到在清王朝统治下，中原文化被战乱摧毁。全国聚集于京都的学子成百上千，中举者寥寥无几。阚氏感到仕途的艰难与渺茫。很多学子连回家的盘缠也没有了，阚氏仗着充盈的银子，整日借酒消愁，后在京遇到会试未中的云南同乡陆良、方正阳二人，三位落第学子相见恨晚，终日酩酊大醉，长吁短叹，深感世态炎凉。在京逗留了三月余，听说吴三桂举兵反叛清廷，京城一片混乱。于是，三人急忙离京到了湖南。时逢吴三桂在衡州（现衡阳）称大周皇帝，阚祯兆见吴三桂公开反清，心里确实高兴了一阵子，他想若吴三桂有力量赶清兵出关，他不复明也罢。阚氏又萌发了投吴三桂助他抗清的念头，可他没有立即去见吴三桂，他要坐观吴三桂与清廷的战事进展。阚祯兆还在事从吴三桂时就觉得吴三桂越来越像草头王，谁吃掉谁还在云雾之中，万不能轻举妄动，阚氏要等平西王的结局。这就是阚祯兆待在湖南不急于回滇的目的。

果然，吴三桂称帝五个月后就暴病而殁，军无主帅，清兵一鼓作气平息了吴三桂的叛乱。从此，清廷的心腹大患彻底清除了。随着吴三桂的灭亡，阚祯兆心中的反清复明希望也随之破灭了。

吴三桂死后，清廷大肆搜捕吴三桂的幕僚和残余。阚祯兆焦虑惆怅，他做过吴的幕宾，清廷是记着他的账的。为了避难他又在湖南躲藏了近三年，后乔装打扮，回到了云南。由于局势动乱，阚氏不敢回家，恐连累妻小，于是只身隐居江川万松寺授徒教书维持生计。

阚祯兆在寺内写了许多字画，大部分被其学生后要走散落民间，阚本人收藏甚少。

阚祯兆在万松寺住了一年多，随着局势稍稍稳定，他回到了通海古城。尽管清廷基本肃清了吴三桂的残余，阚祯兆还是不敢久留家中。时而在杞麓湖岸结茅而居，时而隐匿深山勐鲊，终日以书画诗酒自娱，日子倒也安逸清悠。

清政府彻底平定了云南各地的反清组织后，对遗留的吴三桂幕僚、明朝遗臣赦了罪。阚祯兆回到家中已是九年后的事了。回到家他对什么都感到新鲜亲切，最使他神往想念的就是秀山。回家的第二天他就一头扑进了秀山的怀抱，深深吮吸着山上花草的清香馥郁，抚摸着参天古柏，心潮起伏，感慨万千，因着对秀山的情怀和对历史的追溯，和自己仕途上的失意，阚祯兆写下了具有较高文学价值和史料价值的《秀山古柏行》。特别是其书法可算阚氏碑刻中最有代表性、名冠滇中的精品。诗写出时，曾轰动一时，通海小城无人不谈此诗，但最使人叹美的还是阚祯兆的书法。当时有人评阚氏是文不如诗，诗不如字。《秀山古柏行》即被刻制成精工考究的碑刻和匾悬于秀山涌金寺，文人学士们纷纷拓帖镶裱欣赏。

阚祯兆得清闲于家，时值壮年，精力充沛，他潜心于书法创作，很多书法精品就是这个时候写出的，在云南名噪一时。

社会趋于稳定，统治阶级为了巩固自己的地位，必然是重视人才的任用，这一点是任何统治者都不会忘记的。对于闻名遐迩的阚大先生，云南滇督范承勋、巡抚王继文慕阚祯兆之名，曾两次聘请阚氏为官，两次都被阚祯兆拒绝，他愿做个野老，赋诗写字过清静的生活。

后来，早已耳闻阚氏的云南按察使许弘勋（许弘勋也是个大书法家）亲自到通海古城拜访。许氏是主管全省司法的长官，也清楚阚祯兆和吴三桂的这段历史。按当时清朝的用人制度，叛党的余孽就是被赦无罪也不能轻易提拔到政府部门做官，那么范、王、许为什么还要盛意邀阚氏做巡抚幕僚呢？无疑，他们仰慕阚祯兆的才能和知名度，特别是许弘勋对阚祯兆的书法竦佩至极。许弘勋请阚氏出山，完全是一种为社稷荐才的公心。许弘勋的书法也有极高的造诣，可跟阚字相媲美，却摒弃了同行生嫉妒、文人相轻的世俗观念，怀着一种崇拜的诚意请阚出山，从这一点来看，许弘勋可谓跟阚志同道合，是能经常在一起磋商书艺而物色的书法知己。总的来说，许弘勋算是一个有政治才能、有文德的清廷官吏。

据说，许弘勋曾两次到通海拜访阚祯兆，阚闭门不见。于是，许弘勋灵机一动，书一联贴于阚氏大门上，联意为："地以文章争气势，天于樵牧混英雄"。暗示阚祯兆，我完全是仰慕你的才华而来拜访你的，你现在是一个以写文章为乐的野老，历史已把英雄变为樵夫……

阚祯兆头一次看到许弘勋的字，如此飘洒，俊秀，风韵十足，且联意含蓄，很是珍爱。遂自书一联贴出，坦率地表明自己的思想："既有诸公辅社稷，何妨一老卧林丘"。这一次，阚祯兆开门迎许弘勋进家，许弘勋看出这位才华横溢的阚大先生已初步消除了对自己的防备。几天来两人赋诗唱和，互相赠书，同游秀山，大有相见恨晚的感叹。半月余，许弘勋才正式提出要阚祯兆到巡抚衙门供职。由于遇到了许弘勋这样的知己，阚祯兆欣然应诺，与许一道来到巡抚衙门做了王继文的幕僚，替王处理公私文件，深受王的敬重。昆明但凡署名王继文的碑传诗文，大都出自阚的手笔。

王继文寻访州县，必带阚同行，故而各州县都留下了很多阚氏墨迹、碑文。在各种场合下，王继文都将阚氏介绍给同僚和下属，称赞阚氏的书法如王右军，笔力妙造之自然，笔力遒劲，有飞龙走蛇之势，行神如飞，行气如虹。范承勋、王继文、许弘勋借进京之机，同邀阚祯兆上京同游，朝野人士对阚氏书法诗文大为赞赏，纷纷求阚字存玩，大部分作品还流传到了清宫内府。

范承勋、王继文调京后，阚祯兆继续被石文晟、许乔二任巡抚聘为幕僚，直至晚年告老还乡。

阚祯兆的传世作品，除家乡通海外，要数昆明匾联碑刻最多，有闻名全省乃至全国的擘窠榜书《近日楼》巨匾，有行草《望京楼》和《大观楼》，及民间收藏的大量软件字画。碑刻有昆明东郊昙华寺《大义参天》正殿左侧的草书碑刻《续建昙华寺碑》及《重修归化寺》《铁峰庵记》《重修商山寺》《关夫子五华西衢庙碑》《宁边楼碑记》《彩云楼序》等碑刻，这些匾额碑刻有的毁于"文化大革命"，有的散落各庙宇中。

留存于通海古城的书法软件除文化馆存有数件外，民间已不多见。匾联碑刻大都集中于秀山，而且大多是阚氏晚年的书法精品，已达到了炉火纯青的境地，如"秀甲南滇"牌坊后的《仪凤还鹤》，秀山公园牌坊前两侧的《腾蛟起凤》，还有悬于涌金寺的《千峰翠》《自在庄严》《诸法空相》《无碍般若》等。存于秀山的碑刻只有两块，一为遐迩闻名的《秀山古柏行》，一为《华严会会供碑记》。

欣赏阚祯兆的书法，我们可以看出阚氏的书法天资和功夫。每一块匾额的字都体现了统一的、目的性的、结构巧妙的布局。成熟的书法，必须有"形"与"神"，阚祯兆的这些书法每一字都达到了"神在意存""遗形超逸"的境地。

在阚祯兆的书法作品中，草书占很大部分，也是他一生中主写的书体，这与书法历史的发展有很大的关系。明末清初，全国盛行草书，云南书法的发展和全国保持一致，也是名家辈出，如傅宗龙、张纯熙、袁服礼、许弘勋堪称草书大家，其发展学习以唐代的张旭、怀素为主。阚氏从小在这种环境的影响下，以其毕生的精力创下滇中草书的辉煌，以他那流畅飞转、奔放激昂、翰逸神飞的笔法而名播云南。

现存通海涌金寺大雄宝殿的草书碑刻《华严会会供碑记》经过近三百年的沧桑还完整无损。其碑刻选料考究，制工精湛，高两米余，是研究阚祯兆草书难得的真迹，可谓云南书界的一大幸事。很多人在欣赏了阚祯兆的行草书法后玩味、揣摩，无不认为其是师法二王，有很深的王字源流，又孕育了自己独到的笔锋及神韵。中国书法是讲究高度个性的艺术，而书法作品水平的高低，取决于作者本身的气质、修养、美学及精神状况。我们回过头来细看阚氏的《秀山古柏行》，不难看出他博大精深的学识，此帖书写的成功，就是阚氏个性的再现。阚祯兆为人刚直、和蔼、善良、内向，处理事务谨慎，喜怒分明。这些个性体现在他的书法作品之中，故而他的字很少有败笔，锋芒藏隐，行笔轻重，恰到好处，浑厚凝重，又透露出俊秀灵巧。《秀山古柏行》是用行书写的，字虽小，却有一种大气神韵。当我们在欣赏它时，有进入深思飘然的感觉，仿佛走进了天下第一帖《兰亭序》的字里行间。然而它只是渗透着某些王字的气神出现，更多的还是阚氏自己的风格。

《秀山古柏行》是阚祯兆的中年之作，此碑在云南堪称上品，如果不具备传统的功底和自身的勤奋与修养，是难得出此佳作的。阚祯兆晚年的书法，人书俱老，出手不凡，除有王字的风骨外，还融会了张旭的圆润、流畅、稳秀之法和怀素的奔放激烈、超脱飘逸之笔势，汲取了各时代草书的精华。

阚祯兆的《华严会会供碑记》《惠我双湖》《仪凤还鹤》《腾蛟起凤》等草书作品，既有行云流水的神速，又有稳重挺拔的气势，用笔变幻莫测，一字之间中锋、侧锋兼用，转折的笔法达到如此境地，也是他书法外功底的造诣，把大自然的神韵恰到好处地用于笔端，变神韵为神品。

细细品味阚祯兆的各体书法，会得到大自然赋予你的时而青山鸟语，时而涓涓细流，时而飞瀑直下、一泻千里，时而曲径通幽，轻音袅袅……给人以沁人心脾的高雅享受。

阚氏晚年书写的巨匾《高开洞庭野》是现存秀山的唯一有米芾风格的作品，其字将米芾那种高视阔步、气韵轩昂、严谨浑厚之笔技洒洒脱脱地表现出来，已达到了极高的境界，可见阚祯兆的书法成就是汲取各个时代、各个名家的技法并将其融入自己的作品。

《千峰翠》行书是阚祯兆书法中最有代表性的一块匾额，从字的"三竖"处理方法，我们可以更深刻地看到阚氏书法的随机应变，把握布局的巧妙。

阚祯兆在秀山上的这些不同时期、不同风格的书法作品是我省一份宝贵的文化遗产，是研究阚氏书法艺术和仕途生涯不可多得的实物依据。近年来，有关阚祯兆书法艺术的研究评论文章成版累牍，都给予了阚氏很高的评价和赞誉。

阚祯兆于康熙四十八年春（1709 年）逝世，活了六十九岁。晚年辞官归里，除了取得如此辉煌的书法成就外，他还致力于诗词文章的研究写作。作品有《北游草》《松鹤亭诗林》《宝芝堂文稿》等。除了诗作他还编纂了通海第一部《通海县志》，为家乡的志书编纂开了先河。闲余时积极参与地方上的慈善活动。

阚氏每见到地方官僚鱼肉百姓，必是疾恶如仇，敢于用自己的诗文揭露官吏对劳动人民的残酷剥削，有名的《太平叹》就是同情人民、憎恨权贵，对封建官绅吸食民脂民膏的抨击："……豺狼在道虎接迹，食尽白骨成山丘，十家仅有一家存，鸠形鹄面无所投……"这是对人民苦难生活的真实写照。据说阚氏写这首《太平叹》还触怒了知县，说他蛊惑人心、诽谤朝廷，因此而被抓进大牢，后家人及民众自发筹钱将他赎出。

阚祯兆现存古城秀山的这些恢宏的书法作品和著作，是云南文化历史的一部分，是通海古城人民一笔厚重的精神财富。

书法是中国特有的文化艺术，对中国人来说，书法是民族精神最基本的艺术表现形式。中国书法是中华民族几千年来所创造的最伟大的文化艺术，从单纯的形象图案演变形成了世界上最深邃、最完整的记事、语言符号。智慧的中国人又将这种符号艺术化，经过无数代书法家呕心沥血的探索和发展，达到了今天这样辉煌的成就，形成了琳琅满目的书法大观园。它是中国源远文明璀璨的奇葩。

近三百年来，阚祯兆的书法匾联碑刻给古城秀山增添了雅趣，给家乡人民增添了光彩。还在清代中叶，很多外地游客就慕名阚氏书法，专程到秀山观赏临摹。随着祖国传统文化的发扬光大，书法艺术更加得到了弘扬和发展。

阚祯兆并非什么历史风云人物，但他所处的那个时代，及他的政治主张和抱负，在谈及书法成就的同时，有必要简单地介绍一下。阚祯兆一生最大的成就在于书法，诗赋次之。作为通海古城人，有这样一位能影响家乡几百年的书法大家，就有必要从不同的角度、实事求是地给予评价研究，并从各方面宣传他，使他可嘉的精神激励净化我们的文明社会，这一点是大有裨益的。

古城民居

滇南名城——通海古城的民居，明代多为平房，清代初出现典型的称"三间四耳倒八尺"的楼房，即正房三间，中间楼供奉"天地国亲师位"和本族祖宗神主牌位，是整所房屋最庄严之地，专用于祭祀天地祖宗。正楼的两侧称梢间楼，用于住人。楼下中间为堂屋，用于待客、办红白喜丧事，两侧为正房，旧社会主人纳的妾是不能住正房的。整座房建盖在三层石基上，正三间前面的两厢称耳房耳楼，两侧楼上下共八间，正楼与耳楼之间各配一座楼梯供上下正楼与耳楼。倒八尺即大门，有的将倒八尺建盖成比耳楼略低矮的楼房用来搁放杂物。大门前面砌一照壁，遮住堂屋直通外面的方向。按风水先生的理论，照壁对整座房屋起着至关重要的作用，照壁的方向决定着主人的财源、人丁、家道的衰盛，故而照壁的修建十分考究。照壁脊上装饰的奇珍异兽用于镇邪除魔，照壁里面写上一个硕大的"福"字寓岁岁纳福。由正三间、两厢耳房和倒八尺围成一个正方形的天井称院子心，这种民居建筑在通海城镇多为商贩和普通人家所建，占城镇民居建筑的65%。

通海开发较早，自西汉以来，因地理位置通衢滇南各地，经济繁荣，商贾云集，特别明初朱元璋派沐英率大军平滇，中原文化被带进通海，包括民居建筑，很大部分融合了北方四合院的模式。

中产人家的居所建筑在城镇占20%，这类建筑比普通的三间四耳阔气细致，在三间四耳的基础上建造三间六耳或建造成前三间后三间即将倒八尺改建成一所正三间，形成前后六间正房配四座楼梯，称前三后三六耳大屋。

巨贾富户的深宅大院就越显富丽堂皇，前三后三的大屋加偏厅，三幢相连，并发展成将正房耳房的腰厦改为走廊，将楼与楼之间连为一体，通海人称跑马转角楼，形成房连房、院连院的深邃大宅。这类人家都有花园，园中置水榭、曲槛、廊庑、假山池塘、花厅，盛夏主人在园中纳凉品茗。最典型的有周家花园（解放后用作县供销社办公）和张家、赵家花园。

富户住宅的建构精邃、华丽、宽敞，屋内装饰十分考究雅致，每块挂枋，每扇窗棂，每道门楣均有浮雕工艺。周家花园的四扇堂屋门就属著名的通海格子门，它同出于民间木质雕刻家高应美先生之手，和现存通海小新村三圣宫的四堂格子门一样是浓缩了雕刻艺术的精华，以巧夺天工的技艺、精湛的艺术构思而闻名云南乃至全国，在中国木质浮雕历史上占有一席之地（周家花园的格子门现存县博物馆）。

这类大院的建造可谓通海古城民居的精华，它不仅是商贾官宦人家奢侈的象征，同时也是劳动人民勤劳智慧的结晶，每座大院都折射着厚重的民族文化内涵。一座朱门的构造就是一件大型的石木雕琢艺术品，门上的飞禽异兽、祥云瑞纹、古典历史人物，台阶上的石狮象虎，柔美飘逸、栩栩如生。有的虽经受了一两百年的风吹雨蚀和地震灾害却还色泽鲜明、稳定坚固。

我们在观赏这些古典建筑时，仿佛是在博览艺术大观园，给人以历史文化的追溯与回味。

通海古城的民居建筑艺术风格在云南是屈指可数的，可与历史文化名城丽江、建水相媲美。使人遗憾的是，很多代表通海民居的经典之作丧失了被保护的机会，只能从现存的部分宅院管窥蠡测通海古代民居的博大精深。

花子官

一

1948年，不知从哪里来了一个三十多岁乞讨的瘸子，由于古城商业繁荣，能天天乞讨到食物填饱肚子，他索性不走了，晚上天黑往地上一躺就是床，桥洞、破庙、街头檐下都是家。

一天，天下大雨，乞讨男子就在县府大门的左边侧门下避雨。由于乞讨男子没有固定的住所，觉得这里檐口深淋不到雨，可以将就一晚，于是蜷缩成一团酣睡入梦。

县长办完公，在两名警务人员的护送下，走出县府准备到南街夜市吃宵夜。无意中见到侧门有个黑乎乎的东西，县长吓了一跳，两个警务员走过去一看是个乞丐，吼着要驱赶，县长走过去打亮手电，看了看蓬头垢面、一身污淖的乞丐，示意警务不要动粗，对地上略有惊慌的乞讨男人说："你不能睡在县府门外，有损县府形象，城外高坡有座破庙，你不嫌弃就到庙里住，可避风雨，明天我叫人送些被服给你，看样子你还年轻，在城里找点活干，不能懒着身子饿着肚子。"

乞讨男子听罢连爬带跪给县长磕头，连连说："谢大人，谢老爷！"

　　当晚乞讨男子就被两个警务人员送到城外高坡一处叫花子庙的庙里，第二天县长果然派人送来一些旧被服，其中还有一件半新的中山装。乞讨男子是有运气的，因为县府正在推行国民政府的新生活运动，县长要整顿市容市貌，见有乞丐睡在县府门外，从重整道德方面着想，于是亲自安排乞讨男人去住花子庙。花子庙面积不大，一个正殿，两边偏房。从前不叫花子庙，明末刘忠敏屠四川，从川黔逃荒的流民遍布云南各州县，古城的乞丐人满为患，县衙特将这座建于明初的古庙宇用于安置乞丐，当地民众就将其称为花子庙

二

　　乞讨男子也算勤快，没用几天工夫就将花子庙里里外外的杂草除尽，把个破败不堪的小庙收拾得干干净净。又到庙后面的水沟里洗了个澡，又给一剃头匠磕了两个头，剃了个没付钱的头，换上县长赏的中山装，形象还可以，乞讨男子在花子庙里安了身。他相信自己是有福之人，这座小城是块福地。来古城乞讨没几天就遇到县长贵人，县长能关照一个花子，只有有福的乞丐才有这样的福报，特别是身上的这件中山装不是一般百姓穿得起的。中山装是正装，从穿上中山服那天起，在乞讨的时候，都要向人炫

耀这是县长赏的中山装，施舍乞讨男子的古城人都好奇，往日蓬头垢面、破衣烂衫的花子，县府的县长怎么就送了中山装给他，算是件稀奇事。乞讨男人身着中山装乞讨特别顺，乞讨一天的饭食拿到庙里能吃上两三天。久而久之，花子庙周边古城里的人也从乞讨男人的言谈中晓得了他姓帅，四川人。他毕竟是个乞丐，又住在花子庙，于是古城人给他起了个绰号"帅花子"。

帅花子很健谈，讲起话来滔滔不绝，天南地北、名山大川似乎他都去过，而且还有一些历史知识：清朝要是吴三桂不开山海关的门，满族人是进不了北京城的；刘忠敏败退四川，杀人如麻，川蜀大地十室九空，湖广填四川就是因为川人被刘魔杀得有田无人种，朝廷颁旨的湖广大迁徙；清朝是被孙中山推翻的，袁世凯没皇帝命……这些历史帅花子都能讲得出。花子庙周围的人也跟他熟悉起来，有把年纪的老翁们还常到花子庙找他闲聊，听他讲故事，并说要改口称他为帅先生，帅花子连连拒绝，说，就叫我帅花子，我本命就是花子，哪敢妄为先生之称。

三

推行国民政府新生活运动的告示贴出没几天就被风雨淋湿刮没了。县府官员正准备重新张贴，帅花子走上前向两位县府官员鞠躬说："两位大人，我去贴，县长是我的恩人，我这衣服都是县长老爷给的，我闲人、闲花子一个，这活儿我会干的。"

"你为县府张贴告示，我们可没钱付你，你想好。"

"不要钱，不要钱，我哪有脸向县长老爷要钱。"帅花子接过两个官员手中的告示，提着糨糊桶来到南北西东城门口，将告示端端正正地贴上，每贴一处都吆喝过往行人：各位父老乡亲快来看县府告示。两名官员跟着帅花子监看，果然帅花子做得很认真。

帅花子主动为县府做事被县长知道了，他不但帮贴了告示，还张罗民众看告示。这是本县府官员都没做到的，一个花子主动做了，很是新奇，而且还说本县长是花子的恩人，于是县长决定会会这个花子。

帅花子可能是古城普通民众中第一个进县长办公室的人了。

帅花子见了县长，扑通一声跪下，"给恩人县老爷请安。"县长叫帅花子起身说："现在都民国二十九年了，早不兴下跪磕头了。"

"国有法，民有礼，什么时候小民见了县长都要跪的。"县长一听这花子还能说出这有礼教的话，又见他身上的中山服，压根儿就不像个花子。

"你以乞讨为生，哪来的中山装？"

"县长大人赏给草民的呀，小民的住所花子庙也是县长老爷赏住的呀。"

县长想起来了，眼前这个人就是前几日睡在县府侧门外的乞丐，与那晚相比简直是两个样。

"你不是本地人。"

"小民四川的，爹妈死得早，小民吃百家饭长大的，家里遭了旱灾两年没得收成，逃荒三五年来到了这块宝地，遇上贵县长大人赏被服、赏庙宇得避风雨栖息身，县长大老爷就是草民的大恩人。"

县长看看帅花子不到四十岁，就问他："这段时日可找得事做了？"

"回县长大人话，草民没有啥子本事，腿又瘸，在家里连田地都不会种，除了当花子哪个老板会要个瘸子帮工。草民是一辈子的花子命，感谢县长大人赏我的这件中山服，小民穿着乞讨，城里人都知道是县长送我的衣服，都晓得县长大人是个善良的父母官，都愿施舍草民钱物，赏草民口饭吃。"

县长后悔那天送旧被服去花子庙，怎么就收了件中山装在里面，大意了，穿中山装的只能是县府官员，这花子是在扯虎皮拉大旗向市民招摇。听他流利的言辞，竟能说出"国法民礼"这样的圣贤之道，本县只为他做了应该做的、微不足道的分内之事，他竟如此懂礼数，是个知恩之人。眼下县府正缺人手，可以让他做个编外职员，为县府做些杂事。于是县长对帅花子说："从明天起，你每天到县府门岗一趟，县府有事做，你就办，没有事你就走，你可愿意？"

"谢县长大人，草民一定每天报到。"

"你先别谢我，帮县府办差事，是没钱给你的。"

"草民不要，也不敢想，能报县长老爷大恩就行。"

"县府虽然没有给你的跑腿钱，但本县允许你在城里任何一家商号讨要食物或日常用具，你不能贪，够吃够用就行。你为县府办差事吃的是百姓的千家饭，你这个花子官比我这个县官大多了。"

县长叫人拿来一面大铜锣，对帅花子说："这就是你花子官吃千家饭的行当，县府有事你就敲响铜锣沿街喊话。"

帅花子欣喜若狂，跪下并双手接过县长的铜锣。帅花子成了花子官。

四

花子官将县长给他的大铜锣挂在花子庙的正殿上，每天两拜。他称这面大铜锣是官赐的官锣，花子官视如宝贝。

从此，古城街道隔三岔五地响起炸耳的锣声和一个川音的吆喝声，久久萦绕在古城上空。

花子官有了县长的许诺，或者说是特权，他每到一家商铺或地摊乞讨，只要手提铜锣就不算是乞讨，而是要他应该得的俸禄。商家老板的货物也就由他挑要了，花子官从来也不多要多贪，够吃够喝就行，偶尔要点酒肉花子庙里一醉，这种生活是花子官没想到的，像掉进了蜜缸，甜透了。

花子官的行为让古城里一些小本经营的小商贩又讨厌又憎恨。尽管花子官遵循县长的训导，要的东西不多，但毕竟是做生意，长时间白拿白吃，少一文就实实在在亏一文的本，他们对县府给予花子官的特权有了怨气，于是联名上书县府，取消花子官白吃白要的特权。县长亲自出面向上书的商家解释：县府人员紧缺，当下土匪抢掠猖獗，已到了攻城略池之危，防匪抗匪是县府主要工作，很多政事无人可做，花子官近半年为县府的作为是尽心尽力的。

县长没有采纳上书商家取消花子官特权的呼吁，而是做了个折中的处理。县府也不是天天有事做，没事的时候，花子官轮流为各家商铺做一些力所能及的杂活，弥补花子官白拿白吃的损失。县长的提议得到了商家们的认同。

花子官是个明事理的人，换位思考，商家也不容易，所以他为县府办完了公差，就到各家商铺询问有没有要他做的事。商家也不客气，有合适花子官干的杂活什么的，都叫他干，基本两边都不亏了。花子官和商家们也和谐了。

五

二十世纪三十年代盘踞滇南一带的土匪，时而被招安成兵，时而弃兵成匪，滇南各州县深受匪患之害，乡村小镇经常遭到抢掠杀戮，各州县民众人心惶恐，纷纷呈电省府出兵清剿。

这日清晨，花子官的大锣又响了："各位乡亲父老，今天省上军队要路过并驻扎本县，明天出发临安剿匪，请各家商铺富户备下香花茶水糖果到北门迎接军队。按县府指令派各商家富户捐十块大洋之物资犒劳出征剿匪之师。"

近下午，五百从省上徒步过来的军队到达县城北门，欢迎入城的锣鼓响成一片，军队用过县府准备的晚饭后，分批住进了城里的宗祠家庙。花子庙住了二十几人。

到了深夜，花子官忽然听到正殿传来呜呜哭声，驻到花子庙里的这二三十个军人年龄也就十七八岁，大点的二十出头，一脸稚嫩。花子官便起床来到正殿问哭泣的小军人是否生病。一个军人说，没有病，是想着明天就要去剿匪了，他们听到其他剿匪部队说滇南剿匪十次九败，山高林密，土匪在暗军队在明，军队根本找不到土匪可剿，只有挨打的份，每次都伤亡不少，不知这次能不能活着回来见爹娘，此次清缴的土匪是滇南最强悍的顽匪，以前还被招安过，想到如有不测，家中爹娘怎么活。

花子官安慰着小军人说："别哭了，被长官听到会说你扰乱军心，要挨骂挨鞭的，剿匪是为民除害，菩萨会保佑你们的，我虽花子一个，也会为你们求平安的。"

花子官一夜都没睡，安慰了小军人就忙着烧开了一锅开水，将平时民众施舍的鸡蛋煮好，让准备出发的军队用了早餐。花子官来到昨晚哭泣的几个小军人前，将几个小布包送给他们说："这是护身符，带在身上保平安。"几个小军人向这个热心、慈父般的瘸脚大叔行了个军礼。花子官望着远去的小军人心里酸酸的。

六

十来天后，花子官的大锣又响了：各位乡绅父老，剿匪的军队明日凯旋路经本县，各位乡绅富户备好香花茶水糖果慰劳军队。

剿匪的军队是第二天傍晚才到古城的，县府还组织了狮子舞，彩灯迎接，南北大街商铺都挂出了灯笼，点上烛光汽灯，把古城南北街照得通亮。

当剿匪军队到了北城门口，组织欢迎的民众傻眼了。很多伤兵包头缠腿，在战友的搀扶下一瘸一拐，一脸的沮丧。走进北城门，更让人惊骇的是后队军队中有二十来个挑夫挑着十几个大箩筐，装的全是一颗颗人头，被堆放了在城墙壕沟边上，是县府根据古城民俗，死者不能入城，跟军队长官沟通，同意将战死士兵的头颅放在城外。但军方向县长提出，天气渐热，阵亡士兵的头颅不能带回省上营地，明天要在古城外设坛公祭火化。军队剿匪阵亡的将士，因路途遥远尸体无法运回，就形成了将头颅割下，带回祭奠火化的规矩。

古城准备的烟花灯火舞狮全部撤掉。城外，夜间守护阵亡士兵头颅的任务就交给了花子官，花子官当晚准备了香火、三牲供在了三堆士兵头颅前，并一一给他们上香磕头。

这次军队剿匪的惨败，让古城人一夜诚惶诚恐，夜不能寐。天刚亮，花子官的大锣又响了：各位乡绅，县府通知，本城无论百姓官绅手拈清香一炷到北门外参加公祭大会。

县府昨晚召集民工搭建了一座祭坛，县长亲率县府官员臂戴黑纱胸挂白花，一脸肃然站在祭坛下。军队长官士兵列队持枪护卫堆供在祭坛下的上百颗士兵头颅。古城百姓拈着清香站在县府官员后面，祭场氛围凄凉。花子官见县府官员都戴着黑纱挂着白花，自己却没有，想上前去向县长要，转念一想，我花子官算啥子东西嘛，不就花子一个……

县长代表地方政府致公祭辞："呜呼壮哉！滇南剿匪，我英勇将士，为民而安，洒热血于曲江岸，抛头颅于阵前，英魂归来兮，享我民众之祭奠，魂归故土而安兮，汝等英雄，为国为民而捐躯，其名万古流芳，永垂不朽！"县长念完祭文，军队鸣枪致祭。后将头颅火化带走。

公祭完后，花子官不顾县长的忙碌对他说："县长大人，此次军队剿匪之败，给滇南各州县留下了隐患，久后土匪必不把各县的城防放在眼里，随时有可能攻城夺池，县长大人何不向军队要些枪支弹药以防备匪之掠戮，保民而安，若军队不肯给县长大人，用钱也得买下些枪械，此事县长大人万万不可疏忽。"

防匪抗匪本县自有谋略，这等大事不是尔等要操心的。显然县长不把花子官的话当回事。县长身旁的其他官员，或有头有脸的绅士都在嘲笑花子官不自量力，干预县长的政务。

七

正如花子官的预言，滇中南的几股贼匪，占着山高林密、地形熟悉的优势，分散匪力对前来清缴的军队分割袭击，军队连贼匪的影子都见不到就被打得伤亡惨重而败退。

各路贼匪一时猖獗到了极致，要抢杀哪里就抢杀哪里，想打城镇就打城镇，滇中南一带被贼匪劫掠得天昏地暗。加上一方面军队清缴连连失利，另一方面兵力另有他用，一时顾及不了贼匪对百姓的扰掠，这更助长了各路贼匪的嚣张气焰。

古城在滇中南是富庶之地，临县的几股贼匪早对古城垂涎三尺，接着半年前打败军队的匪徒士气十足，联络了古城周边两县的土匪共六百多从曲江、高大匪巢连夜直逼古城。

天刚亮，贼匪就到了古城南面。贼匪先占领南山头。贼匪抢掠烧杀前都有个规矩，就是所谓的先礼后兵，被抢掠的乡镇或县城官府乡绅如能答应满足贼匪抢掠财物的数目就可免屠戮。古城城里城外民众一片慌乱，相互喊叫：老憨班来了（古城对贼匪的称呼）、老憨班来打城了！

咣咣咣咣，花子官的官锣响了，他站在城南的石座上向潮水般涌入城里避难的民众大声喊叫："父老乡亲，城里容不下城外所有的民众，贼匪此次是打县城，城外乡村有亲朋好友的可投避一下，大家不要慌乱，快快将家里的米粮带走，不给贼匪留下半粒米粮。县府城防团能抵抗住贼匪的，城外的栅子也有团长守护。"

城外民众听了花子官的话，就向东、西、北三个方向疏散了一部分。

一个时辰过去，已是当天早上的八点钟左右，由于贼匪对周边邻县村镇的频繁抢掠，县府早早备下了抗匪的人力武器，加固了城墙，将城墙垛口砌高，城下的人望不到城上垛口下的人，城上的防守人员可从垛口的方向，即瞭望洞设计攻城贼人。县长指挥着城防队、警务局近三百人以最快的速度布置防守完毕，严阵以待贼匪。一面派人将匪情报省上，古城内自愿参战的青壮年民众同时上了城墙准备好石块、火把，甚至孩子们打鸟的弹弓，官府与民众誓守古城。

"呜咣，呜咣"，一个贼匪从南山坡一路敲着匪锣，来到古城南城门，伸长脖子嗥叫："城上官府听好，给你们半个时辰，叫你们县长，至少是县府官员一人到南山坡见我们首领，过时不见人来，别怪首领刀上沾血。"

听了贼匪的喊话，花子官见县府官员都害怕县长派自己去见贼首，纷纷找借口要上城墙参加抗匪。

这时，花子官向县长主动请缨出城见匪首，县长见花子官敢去见贼匪，很是高兴，问他"你真敢去？"

"敢，正是草民报县长大恩的时候，请大人相信，我在匪贼面前绝不给大人丢脸。"其他官员见花子官主动请缨要去见匪首，大家七嘴八舌夸他口舌流利、胆量过人、做事踏实，反正这时候，他们将所有闪光的词汇都戴在了花子官头上。

县长见花子官一脸的竭诚，同意他出城去见贼首，县长叫人替他换上一套整齐的中山装，让他头戴礼帽，胸前挂上青天白日徽章，俨然一副政府官员的派头。

县长随即把他拉到一边低声说，见了匪首要随机应变，最主要的是能拖长贼匪攻城时间，等待省府援兵，贼匪实力我们毕竟不知道。县长停了下又说："当初你要我向军队买枪械我先是没想到的，经你一说觉得很有必要，但在众目睽睽之下，我一个堂堂县长怎么能听一个花子的话，所以当众我做出了不予理睬的样子，暗下我便向军队买下了一批枪械，还有一挺机枪、千多发机枪子弹，一二十箱手榴弹，加上警察局、城防团原来的枪支，城墙坚如磐石，你去见匪首可用激将法，也可用缓兵计，就看你老弟的能耐了。"

"县长大人英明，草民谨记大人嘱咐，定不辱使命。"

花子官举着一面蓝色的布块出了南城门，城外只剩下团丁守着栅子门。团丁见花子独自一人去见贼匪，都佩服他的胆量。花子官一瘸一拐地走到南山坡脚，山头上站满了虎视眈眈、面目狰狞的众贼，见有人举旗来了，几个小贼匪一拥而上，将花子官双手扭住，连拖带拽带到贼首面前。

贼首见来人穿戴整齐，却是个瘸子，他摸出怀表看了看时间，哼了一声说："刚好时辰到，看来贵县还是识时务的。"

贼首继续打量着花子官问："看你打扮穿着，你是县长？"

"我是个花子。"

"县长敢不来见本大爷，竟叫个花子来羞辱老子。"贼首一声凶吼。

两个小贼匪走上前抽出闪着寒光的砍刀架在花子官脖子上，花子官感觉脖子凉飕飕的。"沙糕脚瘸脚货你想怎么个死法"（沙糕脚是贼匪对古城民众的蔑称），贼首晃着手中锋利的匕首冷笑着问。

"随你便，啥子死我花子官都不怕"，尽管两把刀架在脖上，花子官却一点也没有惧色。

贼首见花子官昂首挺胸，有点视死如归的气概，要换作别的狗官，这种场面早就吓得尿裤裆了。

"县长狗官软蛋一个，派个花子来替死，可恨。"

"堂堂的民国县长，官封七品县令，岂能见你这群祸害百姓的匪辈流寇，我县城有几百人坚守，尔等匪辈不想葬身城下，快快退去。"

贼首贼眼一瞪，起身抢过小匪手中的砍刀，要劈了花子官，却被身边一个留着八字须的瘦个子贼匪挡住说："团长你砍了这瘌子无济于事，他不过是个替死鬼跑腿的，我们还是先礼后兵，叫他带话回城，不动刀枪两边都好。"

　　"本团长依了我的军师面子，饶你瘌货狗命，老子放你回去，告诉你的县长狗官，给老子这团弟兄备下五十万大洋、五十个年轻没嫁人的小脚女人，在城里酒肉大宴我团弟兄三天，晌后回话，如若不依，老子杀进城去鸡犬不留，如按数缴齐，老子也是讲仁义的，我的弟兄秋毫无犯。告诉县长，他那破城墙、城防队算个屁，老子打遍滇南无人抗，省上军队有炮有机关枪都被老子打得丢盔弃甲，何惧你们的破城。"

　　花子官语气缓和了点，说："听你说来这要求也不算高，但五十万大洋县府一下子是凑不齐的，得一家一户地去收，年轻小脚女人也得一家一户地找，你把时间再放宽点，今天县府连夜凑钱找女人，明天早上如数交齐。"

　　贼首想了想，回头看了看他的军师，贼军师点点头。贼首说："记住传话，少一个大洋，少一个女人老子都要杀进城。"

　　"晓得，晓得，"花子官说着就要回城，贼首忽然一想，这瘌子刚才还充当英雄，一副不怕的样子，怎么一下就说了软话同意传话，瘌子是在用缓兵之计。一下子猛醒，喝过要走的花子官，"站住你个瘌货，敢使诈用缓兵之计，好让狗县官省上搬兵，老子改变主意了，下午五点给老子凑齐数目，不然老子今天就打进城。"

"晓得，晓得，五点就五点，我现在赶去传你的话。"趁花子官转过身之际，两个土匪上前按住花子官的右手，贼首冷笑一声说："你不是来当替死鬼吗？不能白跑一趟，得给县长狗官带上点礼回去。"贼首话一说完，花子官右手的拇指咔嚓一声被剁下来，一个小贼匪用块布包起来塞进花子官的衣袋。

十指连心，花子官疼得一下子昏厥过去，等他醒过来时已被贼匪拖到栅子边上了。

八

花子官捂着被剁掉拇指的右手进城来到县府。县长见花子官脸色苍白，半身衣服都被鲜血浸透，赶快叫了医官给花子官包扎，又急着问起花子官见贼匪的情况。花子官向县长说了贼首的要求，气得县长咬牙切齿，连连怒道："大贼，是可忍孰不可忍，本县长等你们来送死！"

花子官见县长怒不可遏，说："县长大人息怒，小人观察了贼匪人数不下六百人，他们都是长枪，匪数是我们的三倍，大贼攻城不像军队清剿，贼在暗处军队在明处，而这次大贼是攻城夺池，他们在明处，我们依城而抗，有城垛掩体。县长大人又将城垛加高，我们从垛口开枪还击，大贼看不到我们，枪弹就射不中，城墙四周都有护城河，只有四个城门可入，县长只要加强城门上面的火力，大贼是攻不进城的。除了城门上面要多派些警员加强城防队守战，城墙四周必须由十个城防队与组织起来的民众防守，这样大贼进不了城门，想从护城河攻城也就枉然了。"

县长一面听花子官讲一面点头说："机枪只有一挺，一千多发子弹，五箱手榴弹，安置在哪个城头呢。"

"真乃天助县长大人也，古城百姓之福，有了机枪、手榴弹，机枪一响、手榴弹一炸，贼胆就熊了。大人先将机枪置于南门，大贼集结南山必定首攻南门，南门有了机枪的扫射大贼就会绕到东门、西门、北门攻城。大人可将机枪手来回四门跑，让大贼误认为四门都有机枪守护，他们必定撤进城外负隅顽抗，县长大人传令，不见大贼露面不准开枪，节省子弹待省上援兵。这样可保城池无恙，大贼必退。"

县长采纳了花子官的抗匪之策。此时，城内南北大街聚集了城里城外群情激奋的青壮年，手拿钢叉、棍棒、弹弓登城与警员城防队坚守城墙。

九

近晚饭时辰，贼首定的时间已过，仍不见有人出城摇旗，知道官府要抵抗守城了。贼首气得牙一龇，左手持砍刀，右手握二十响驳壳枪向众贼号叫："弟兄们，杀进城快活去，先攻占城头的赏大洋一百，小脚女人两个。"众贼也跟着贼首一阵狂嗥。

"咣，咣，咣"，群贼在匪锣的响声中饿狼一般号叫着从南山黑压压一片向古城冲下来，由于城外守栅子的团丁全部都撤入城里，群贼未放一枪就冲到了南城门口，城门紧闭，贼首骑在一匹黑马上挥动着驳壳枪，冲着南城门喊道："城上的沙糕脚听好了，快快开城门迎接本团长进城，饶你们不死，把早上见老子的那个瘌货给老子送出城，老子杀他祭旗。"

花子官正好在南城头，听到贼首要杀他祭旗，不顾众人的阻拦，奋然站出城垛指着贼首大声痛斥："尔等大贼，城下已为你们挖好下葬贼尸的坟墓，大贼想要大洋、想要女人找你妈要去！"

"开枪，杀进城去，"贼首声嘶力竭大嗥一声，密集的枪弹雨点似地打在城垛上。贼匪开枪的一刹那，花子官被人拽下了城垛，皮毛未伤。

贼匪朝城上放了十来分钟枪，城上没有一点动静，贼首传令冲进南门砸城门，上百贼匪拥簇着贼首狂嗥着冲向南门。

这时，城上只听县长一声令下，排子枪、机枪、手榴弹雨点似地射向城下的贼匪，贼匪顷刻间倒下一大片，随着枪声响起，整座城墙响起了一片呼喊"杀贼杀贼！"紧接着铜锣响起，参加守城的民众向城下的贼匪扔砸石块，投掷蘸有黄油的火把，小孩子的弹弓专打大贼的脑袋。

在后面督战的贼首被城上密集的枪声、手榴弹爆炸声惊得差点跌下马，慌忙命令贼匪撤进城外的民房，从民房窗口向城上放枪。同时命其他小贼首率贼众绕到东西城门攻城。同样刚到城门下就被机枪、手榴弹、排子枪、石块、火把、弹弓撂倒一片。贼首命群贼攻北城门，这时贼军师急忙阻止说："东西城门都攻不下，北城更难打了，北城门壕沟宽大且水深，又通官道，如果省上军队增员，我们难以撤退，只能集中火力强攻南门，若有不测，南边才有退路。"

贼首听了贼军师之策，将贼匪集中到了南门。

十

夜幕降临了，火把将古城城墙照得通明，把城外照得如同白昼。由于县府做好坚壁清野，贼匪在城外什么吃的也找不到，就将挨近城墙的几所民房放火烧了以示匪威。在贼首的蛊惑下，借着民房的火势群匪发起了第三次攻城，同样都被城防团击退。贼首气急败坏，他做梦也没想到，一个小小的县城竟有如此猛烈的火力，眼下匪群已伤亡过半，更可恨的是，城上团防不见贼匪不开枪，贼匪一露面就像活靶一样被击中。更让贼首焦急的是，龟缩在民房里的群匪都不敢露面，匪心开始涣散了。

城里，县长亲自督战，百姓众志成城，将夜饭食物送到城头，搬弹药、抬石块、扎油火把，紧锣密鼓地坚守在四个城门。

贼首和贼军师龟缩在城外一所宽敞的民房里，焦头烂额地来回走动。贼首问他的贼军师怎么办，天都快亮了，几个城门都攻不下来、打不进去。

"我们吃了大亏了，守城火力比军队还强，不能攻城了，打下去团长手下这点人马都得拼光，指挥守城之人一定是个高人。这跟军队清剿我们成了反象，我们明攻，他们占据城垛暗打，弟兄们根本看不到守城人的身影，三十六计撤兵为上。"

"撤兵？老子咽不下这口恶气。"贼首咆哮起来。

"君子报仇十年不晚，眼下只能趁天未亮明从南山方向撤。"

黎明时分，城上城下形成紧张的对峙局面。

花子官跟随县长躲在城垛口下观察城下匪情。城南外除几堆未熄灭的火堆不见一个贼匪，全都缩在了民房里。县长对身边的随从说，天快亮了，按时间算，省上的军队七点左右就会赶到，我们再坚守三四个小时。旁边的花子官突然问县长有没有军队上使用的军号。

县长问他要军号干什么，花子官说："用它乱贼匪的阵脚，乱贼心，军号一响，贼匪以为军队到了一定从民宅里向外逃窜，贼匪一露面城防团不就有了射击目标。"

"对对，花子官这个主意妙。"县长立即吩咐县府官员到枪械库找军号。这时花子官又在县长耳根说了什么，县长连连点头。

上次军队走时留下了些军用杂物，其中就有两把军号。

"东南城头各一把，给我使劲吹。"县长吩咐道。花子官忙说："要吹冲锋号，乱吹吓不到贼匪。"县长说："贼匪懂哪样冲锋号。"为了军号吹得响亮，县长叫人找来几个做道场吹喇叭的道士吹响了军号。满城头的民众齐声欢呼大叫，军队到了，杀贼呀！军队到了，杀贼呀！城外躲在民房里的土匪想趁着天未明亮正瞄着城墙垛口心惊胆战地想要逃走，忽然响起了军号声和震耳欲聋的呼叫声，个个抱头鼠窜纷纷逃离民房。城头上城防团的枪口对着密集出逃的贼匪又是一阵射击，手榴弹在群匪中炸开了花，剩余贼匪和未被打死的伤匪向南山逃窜，刚逃到南山坡一片密林深处，林子里又响起了激烈的枪声，一颗手榴弹飞向惊魂未定的贼匪，贼军师当场被击毙，贼首独自带着一股人马从南山后面的山沟里逃走。剩余的散匪成了丧家之犬，到处乱窜，被埋伏在树林里的城防团击毙或活捉。城里的城防队和大批民众喊叫着"杀贼"冲向南山。

原来花子官给县长出策，贼匪听到军号声和民众的呼喊声，一定以为军队到了，一定拼死逃出民房，向南山坡撤去。我城防队可抽出一部分人枪，借天未明绕到南山，给溃逃南山的残匪再来一次伏击。县长依计而行，仅南山这一伏击就击毙了五六十个残匪。

县长命令将活捉或被打伤的贼匪全部带到县府门前集中，将打死的贼匪尸体拉到城外公用灵堂存放。愤怒的民众拥挤着来到县府门前，用烂菜叶、烂水果，甚至石块砸向瑟瑟发抖的贼匪。

县长在几个城防团团丁和警员的簇拥下赶来制止民众的举动。民众见县长来了齐声喊："把这些贼拉去砍头。"县长举双手示意民众静下来，说："市民们，大多数贼匪因生活所迫被逼做了贼匪的，他们也有爹娘妻儿，活着未伤的贼匪县府要放他们回家，受伤的贼匪县府将予以医治后全部释放，城外被打死的贼匪尸体，让放回去的人叫他们的亲人来领尸，县府向他们的家属每人发两块大洋。"县长话一说完，民众一片哗然。有人大喊不能对贼讲慈悲！有的喊贼打进城能让他们不杀人、不抢掠吗！做贼就该杀！我们被贼匪打死打伤的团丁要血债血偿！

……

"咣，咣"，花子官的锣又响了，"父老乡亲们，县府做的决定是英明合理的，大伙想想看，县长施于贼匪之仁慈，放了他们回去他们还会当贼吗？他们会以德报怨，规劝别人不能再为贼匪造孽，这样贼匪就会越来越少，天下不就太平了。"

"就是花子官讲的这个意思，也就是屈人之兵不战而胜之法。"县长说。一些乡绅觉得县府对贼匪的宽容是有道理的，聚集县府门前的民众也就散了。

十一

近中午，省上一个营的军队才赶到古城。古城抗匪大捷，没有军队的增援，凭一座小城的团防和民众抗击打败悍匪，在当时算是奇迹，消灭了滇南一带贼匪的猖狂气焰。军队长官听了县长的讲述，认为剿匪应以此捷为例，变清缴为防守，让兵匪面对面对垒。

在庆捷宴上，县长把花子官请到自己的酒桌上和军队营长同坐。县长对花子官古城抗匪的仗义之举大为赞赏，军队营长十分钦佩，在祝酒席间向花子官敬了个军礼。县长当众宣布将公产花子庙赏给此次抗匪有功的花子官为私产使用，继续享受他的特权接受古城民众的施舍。

花子官当席向在场的官绅跪下，双手颤抖举起酒杯说："我外地花子一个，蒙受县长大人赐我安身之地，蒙恩县城父老赏我衣食之恩，我花子官受的是国恩，食的是民禄，县城危卵之际，岂能不尽仗义之责。"

此次抗匪，古城以极少的伤亡创下了歼匪近四百的大捷，古城庆祝沸腾了三天，临县的县府幕僚纷纷送来贺信，极大地鼓舞了周边州县的抗击意志。

花子官在古城民众心中成了义士、英雄，成了小城人的福星。有人要替他说个媳妇，花子官说："我自己都吃千家饭，一人吃饱全家不饿才是我需要的日子。"

这次古城抗匪大捷，县长得到了省府的嘉奖，同时对今后的剿匪采取了以防为主的策略。为了防止贼匪对古城的报复，省府派了一旅军队常驻在滇中南各州县，旅部设在古城外的周家花园，守护古城周边四县。后来，省府对滇中、滇南各股土匪借招安之策来离间彼此，让匪首们自相残杀，分化瓦解了贼匪势力，加上古城有军队驻扎，从此匪患平息。

以后的两任县长治下的古城，都让花子官沿袭他的特权。而花子官也尽心尽力履行他的职责。直至 1950 年后古城解放，旧政府撤销，花子官作为旧职人员，在新政府的市场工商所成立后，政府安排他做了市场管理员，从此自食其力。

花子官七十多岁病逝，结束了他命运多舛且传奇的一生。

秀山松祭

"大雪压青松，青松挺且直。要知松高洁，待到雪化时。"这是陈毅元帅对松树的赞颂，可称千古绝唱。

青松不畏风霜雨雪，昂首挺拔，傲然屹立于高山绝壁，自古以来一直是人类战胜困难、不屈不挠精神的象征，古称君子。民族志士以松的高洁、刚强品质去捍卫国家的尊严和民族的利益，多少人在遇到人生道路的曲折坎坷时从青松昂然的风格得到了鼓励，感悟到人生价值的真谛。松树已成为人生拼搏向上的精神形象，从古至今无数诗人赞颂它，画家描绘它。青松是中华文化中最被讴歌的题材，形成了一种松柏精神。

秀山的青松或高昂挺拔，或形态优美。代表秀山松树的当数双文笔后东边斜坡下的那十几棵百年古松。三十多年前，这片青松林是我学画松的范本。学画松的同时，慢慢地感受到古松坚韧的气韵。这片古松历经三百多年风雨的侵蚀，树身显得斑驳，但依然葱郁茂盛，一派生机，散发着松树特有的精气神。仰头观松，放眼蓝天，松与天浑然一体。风雨中观松，大风起兮，暴雨倾泻，古松迎风呼啸，身躯稳如泰山，给人一种强烈的震撼。

风雨平静，天高气爽，秀山的精灵——松鼠嬉戏于古松上觅食松果，一幅和谐的大自然画卷，展现着秀山的另一大美。

学画松的十几年间，从秀山这片古松的神韵中，我感悟到人生的短暂，而松树的生命是那么的旺盛长青。世上的人生百年有几多？我常常触摸粗壮的松树感叹。

秀山的土地滋润这片松林生长了三百多年，人生在这片松林面前显得那么渺小。秀山松是秀山的魂，是古城人的活宝，是天人合一的精神象征，也是通海的活文物。我天性酷爱松树，但我描绘不出古松的真正质韵，几十年来，我的脑海里一直深印着秀山双文笔后面那几十棵古松的苍容，闲暇时爬秀山，很多时候会特意走下坡坳，去与古松合抱，霎时有一种与古人相拥的感觉。我深深吮吸着从古松树身上散发出来的沁人心脾的松油清香，如痴如醉。这是我四十多年来对这片松林的痴爱，对这片松林割舍不断的自然之情。我为秀山祈祷，愿山中的一切自然生物永恒葱翠，我为这片古松祈祷，愿古松长生千年。

然而，近一年的时间里，我不知在忙什么，忙得连登秀山也顾不上了。九月中旬的一天，当我走过双文笔，习惯性地向坡坳下的古松望去，我猛然愣住了，一年多前还葱郁茂盛的古松，树梢竟然全部枯萎了，有几棵甚至枯竭得只剩枝干。我已无心再向秀山的深处走去了，不知是什么动力驱赶着我走下荆草丛生的坡坳，站在这片作古了的松树下，仰面静静凝视依然矗立于天空却没有了生机的树梢，山风吹过，飘落一根根枯黄的松针，斑驳的树身，松皮一块块脱落。是什么灾难使这十几棵古松遭此噩运，是旱魔还是病虫的侵袭，使得古松一齐死去？我不懂植物学，自然找不到答案，但秀山的乔木科类像古松这样成片地死亡是罕见的，秀山的古木古树树龄上几百甚至千年的比比皆是，可作古木树林的博物馆，古树古木的寿终正寝近几年陆续发生。任何生物都会消亡，这也是自然规律，但也不能排除人为因素，比如污染、取土、攀爬。总之，秀山古木古树的消失是秀山的损失，是古城人的损失。这片古松的死亡着实让我心里不是滋味，我面对的不是几棵古松，而是三百多岁的苍古老人，因为它们是有生命的，它们为秀山的历史、为秀山的美丽增添了魅力，为秀山的文化绽放了光彩。按这片古松的长势和生机，不应该在我们这一代人中终结生命，是我们这代人没有照顾好它们，忽略了古松的历史价值，还是它们实在承受不了人类工业文明的发展带给它们的种种危害，故而一齐离开了这座养育它们三百多年的秀山和深爱它们的古城人。

饱经风霜的古松与小城齐名，与秀山齐名，秀山古松，我为你鞠躬，为你祭奠。

水神

城东二李哥靠打短工养着一家四口人，没有固定的职业自然收入也就时有时无，二李哥的老婆又是个好吃懒做之妇，丈夫找不到活干进不了钱，就牢骚满腹嚷着全家要饿死。二李哥听惯了老婆的唠叨不当回事，只怪自己作为一个男人没能耐养家糊口，活该被老婆骂。

古城从二十世纪二三十年代到八十年代初一直是古城特产黄烟的制作生产地。古城黄烟闻名遐迩，古城黄烟的生产带动了滇南马帮商业的发展。古城马帮的四大商品——黄烟、土布、农具、蜜饯，换回来的是思普磨黑的食盐、香料、茶叶、皮草，古城商业的繁荣，黄烟独占鳌头。

二三十年代的黄烟生产是人工操作，一座推烟栅两人操作，一坐一站，站着的是师傅，坐在栅上的是徒弟。推烟操作是一份十分吃力的劳作。黄烟产业的兴起需要大量的推烟工人，古城男人怕吃苦的多，抽大烟的男人没力气干这样的重活，好脚好手不抽大烟的男人，宁肯摆个小地摊也不做推烟工。

各家烟铺老板只能从石屏、建水、曲江找人来干活。古城栅子巷的全部推烟铺都集中在这条街上。各家老板给推烟工的待遇都是统一的，供吃住，吃的还可以，住的就简陋了，一间屋子住上五六个人，转身都难。早晨起床连个洗脸水都没有，工人们只得揉揉惺忪的睡眼就上工了。

二李哥这天大清早在街上闲逛，鬼使神差地走到栅子巷，听到一间烟铺里传来声音：都快四五天没洗脸了，连点热水都没有，老子想回家了。另一个声音说：我近半个月没洗脸了。要有人卖洗脸水就好了。

说者无意听者有心，二李哥瞬间萌发了个念头，走到烟铺门口对刚才说话的两个男人说："几位大哥兄弟，明天我烧洗脸水卖给你们要不要，我家离这里近。"

"要的呀，我们正愁没水洗脸呢。"

"那我真的烧水卖给你们，到时不能不要。"

"我们都是出门帮工的，不会说白话，你不放心就给你老哥四文定钱。"

"行，行。"二李哥接过钱。

第二天清早，正赶上推烟工起床，二李哥一担散发着热气腾腾的洗脸水就摆放在了昨天给定钱的两位推烟工面前。见了二李哥的热水，两个推烟工端来木盆，二李哥给他俩各舀了一盆。清澈见底的热水，两个推烟工洗完脸后，水面上漂了一层厚厚的污淖凝脂。

其他工人见状，纷纷端出木盆跟二李哥买热水洗脸，两文铜钱一盆，是烟工们自己给的，二李哥没有讲价。一挑水哪够几十号人用，没买到水的烟工们叫二李哥明天多烧几挑来卖，二李哥高兴得连连应话："好的，好的。"

二李哥一大早烧了挑热水出门，吵醒了婆娘，等他挑着空桶回来时，婆娘早堵在了门口，"你烧挑热水去给哪个婆娘洗屁股？"二李哥的女人不但懒惰，嘴舌还叼毒。

"不是洗屁股，是洗脸。"

"果然被老娘猜中了，哪里的婆娘？"

"栅子巷的。"二李哥说着将一把铜钱塞到了婆娘手中，"这回有事做了。"

婆娘见了钱喃喃自语："水能卖钱，天底下的稀奇事。"

"从明天起早晚全家烧洗脸水卖"，二李哥对家人说。

第二天一早，二李哥父子三人以及婆娘，拿了水瓢，早早地齐刷刷站在栅子巷的推烟铺前。出门前二李哥交代两个儿子，水要舀满一点，脸上要热情，接钱的时候要弯腰说谢谢。

从此，古城中除了夜间的梆梆打更声，清早、傍晚又多一声舀洗脸水、舀洗脚水的吆喝声。

栅子巷的烟工们出门在外，遇到了二李哥天天烧水卖给他们，早晚有盆热水洗洗脸脚，特别是冬天，有了热水烫脚，一天的疲劳减了一半，都从心里感激二李哥，在推烟工人心里二李哥成了神。

二李哥卖洗脸水的生意，除了供栅子巷的推烟工，周围其他行业的帮工，为了方便也来买水洗脸脚。还有一群吹大烟的古城懒汉图省事也成了买二李哥洗脸水的客户。说来也怪，二李哥的婆娘有了卖水的生意后，变得勤快了，对丈夫的唠叨也少了。二李哥很是高兴，钱能改变人。

卖水生意做大后，靠人挑已满足不了人们的买水需求，忙得二李哥一家手脚不停。有位推烟师傅给二李哥出了主意，建议他做个椭圆形的大木桶，桶底放个出水口，省得用瓢舀费力。用板车推着木水桶卖水，省力、省时。

二李哥觉得这办法好，当即请人做了只大木桶，父子三人找破木、锈铁做了张木轮板车，虽然拉板车吱呀吱呀响，但比人挑水省力多了。可二李哥却发现了问题，从木桶里放水的收入比往日用瓢舀水少了五六个铜钱。那可不得了的，一个月要少多少个铜钱，大木桶装的水量跟人挑的一样，用瓢舀水就能多卖五六个铜板，用木桶水口放水就少了钱，一家人抓耳挠腮想了半天，最后，二李哥终于找到了问题出现在哪里，不就是木桶水口放水水力大，冲在盆里溅出去了不少。于是二李哥将木桶的水口塞上，从桶盖口用瓢舀，果然，卖水钱又多回来了。二李哥对儿子说，不该省的力不能省。

二李哥卖洗脸、洗脚水在古城里炒热了，有一户无事做的人家想挤进行里找碗饭吃。古城里有个不成文的规矩，很少有人夺行（现在叫竞争）。巴掌大的古城，像二李哥这种苦力小行业，不竞争二李哥有碗饭吃，谁挤进行里，二李哥就吃不饱，挤进来的人也吃不饱，还乱了市面和谐。于是年长的老人就会劝说，让他找别样做，让他是人家先干的，挤进去街坊邻里的不好看，就这点小苦力生意，他都吃不饱。想夺行的人家也顾忌别人的斜眼，于是放弃了。

二李哥的卖水生意不要本钱，一本万利。柴到山上砍，水到井里、塘子里挑，要的是力气。自从卖了洗脸水，二李哥家有余粮，兜有余钱，婆娘的唠叨少了。这一切他认为都是祖宗的阴德所致，是他平时的善为所致。二李哥有天晚上做了个梦，一条清澈的小溪缓缓地流进他家，小溪里有条小船，船上有个老翁划桨捕鱼。二李哥醒来，脱口就说那划船的老公公是水神，水神进他家，他们做的不就是水的生意，二李哥十分虔诚地做了块水神牌位供在家堂口中，早烧香晚磕头供养水神。

古城二三十年代的女人，到了缠足的年龄不分贫富没有不缠足的。

小脚女人的脚不是天天洗，爱干净的年轻女人也是十天半月洗一次，老年妇女，特别是行动不便的老人甚至一年也不洗一次小脚。

小脚女人洗脚、洗换下的缠足布用水量是常人的几倍。小脚行动不便，洗一次脚要提前半天做准备，第二天要洗脚头天就要储备足够的热水，而且热水要摆放两三盆在自己的闺房或卧房。洗小脚的程序一泡，二揉，三修剪，四洗，五裹，全都要热水。家庭殷实富有的小脚女人，有女佣伺候，一般的人家就得靠自己了。二李哥早卖洗脸水晚卖洗脚水，周围邻居的小脚女人们也跟他预约买水洗脚，但附加了条件，就是要陪洗脚的女人随时加水，而且只能是女人。洗小脚是女人的隐私，除了已婚丈夫，未婚女孩的母亲，其他男人是不能看的。

二李哥的婆娘又有了生意，二李哥根据买水人要的水量将水挑到人家里就没事了，接下来就是二李哥婆娘的工作了，她要给洗脚的女人倒水、端水，洗裹脚布。后来二李哥的婆娘还学会了给小脚女人揉脚、剪脚，全过程服务，得到的工钱是卖洗脚水的三四倍，同时又形成了一种新的服务行业。二李哥婆娘也有了名气，有钱人家的大小姐为了图享受，都请二李哥婆娘上门提供陪洗服务。

二李哥早卖洗脸水，晚卖洗脚水，他婆娘的陪洗服务赢得了古城小脚女人的青睐。生意做了，钱赚了，还得到一些行动不便的小脚妇媪的祈福，说他们的这份行业是积德的行业，将来的子孙是会有福报的。有的老人说养个儿子一辈子也没给娘亲端过一次洗脚水。

也许应了老人们的吉言，二李哥的小儿子于 1943 年被抽丁当兵，后来在军队里当到营长，1949 年初随长官投诚解放军，解放后复员在外地做了副县长。

二李哥又采纳了推烟工人的点子，做了四五只沐浴桶，在家里开了浴池，推烟工人每天都有到他家洗澡的，二李哥开创了古城洗浴业的先河。

二李哥早卖洗脸水，晚卖洗脚水，一个简简单单、普普通通的行业，折射出古城生活在底层的工人的艰辛，揭示了中国妇女缠足陋习的心酸无奈。1950 年古城解放，栅子巷的推烟工人大部分都回了原籍，新社会取消了剥削，小脚女人们也不需请二李哥婆娘陪洗小脚了，二李哥随着时代变迁也下岗了。

古城美食

通海古城的饮食文化源远流长，以食材选料精细、烹饪技术精湛、色香味俱全在明末清初就享誉四方。品尝通海美食是外地人到通海的一大愿望。

通海人历来讲究吃，文雅好客。亲朋好友上门，一定要留下设家宴款待。客人到来，主人会根据地域做出适合客人口感的饭菜。精细、风味多样是通海人做菜的第一要素。江南菜一定是清淡少油、鲜美，北方菜一定是重油肥腻，两广福建菜一定是甜咸相宜，云贵川菜一定是火辣麻酸。

通海古城菜肴美食名目繁多，通过两百多年的演变，本土饮食融合外来菜系，归结起来有以下几大类及本地风味。

肉食类

宫保肉丁：通海风味的宫保肉丁，用精瘦肉切成丁，配葱白、生姜、酱油、干红辣椒、盐、料酒、淀粉芡，肉丁下锅，浇淀粉芡，趁火势翻拌，淋少许芝麻油出锅。宫保肉丁的特点是肉丁软嫩，鲜辣各味兼有。同时用上述佐料根据肉质的不同可以变化为宫保鸡丁、宫保肉片、宫保鱼片、宫保兔丁、宫保牛丁等，味道会随着肉质的变化各具特色。

夹沙肉：将中肋带皮猪肉整块放入锅中煮至八成熟后捞起晾干，把蜂蜜抹在肉皮上，用油炸成金黄色，复下锅煮十五分钟取出晾凉。用刀将整块肉改成四厘米长、二厘米宽、五六毫米厚，把豆沙馅夹在两片肉中间合拢，再将蒸好拌有白糖的糯米饭垫在碗底，将夹沙肉扣在糯米饭上，蒸一小时后取出翻扣在盘里即可食用。夹沙肉的特点：肥腻、甜、香，入口满嘴流油，尤为老年人偏爱。

红烧肉：将膘薄软的五花肉切成二公分见方的块状，调配料葱、姜、八角、草果、盐、甜咸酱油、红糖、胡椒、料酒。先将葱、姜、草果、八角用油炸香，下肉块煸炒，其间不断加精盐、料酒、酱油，待炒至红亮出油时倒入锅里加入毛汤、胡椒及红糖，另起锅上火，酌量加入油，将白糖炒成糖色后入砂锅，用大火煮十至十五分钟后移至小火煮，稍会即可取出食用。通海红烧肉的特点：色泽金红、汤汁浓稠、入口扒糯、咸甜酥烂、肥而不腻。

粉蒸肉：将硬五花肉洗刮干净，切成长10厘米、宽5厘米的厚片，装入菜盘，加入盐、料酒、酱油、茴香籽、八角、糖、白酒汁、炒鲜米粉、少许汤汁拌和腌渍半小时，然后把肉码成书状，在碗底可以放入红薯、蚕豆之类，再把肉扣入碗里，放到蒸笼里蒸两小时，到肉粑时取出即可食用。粉蒸肉的特点：色泽红润、咸鲜微甜、软糯化渣、肥瘦相宜，属通海大众菜肴。

炒腰花：取猪腰子一对，切成斜花纹状，调配料生姜丝、白葱、酱油、胡椒、盐，烹饪时先用油爆炒腰花，翻拌均匀后趁火势放入佐料，再翻拌急速起锅。炒腰花的特点：炒后呈花状型，润口香鲜。

生蒸排骨：将肋骨洗净，晾干水分，砍成 4 厘米长的骨块，将葱、姜、八角、草果炒香，放排骨煸炒三五分钟后，顺序加入盐、料酒，炒至出油再加入味精、胡椒、酱油，另起锅将白糖炒成糖色，加入排骨中，加汤适量，放入锅中收汁，待汁干后起锅，放入蒸笼蒸两小时，出笼装盘。生蒸排骨的特点：排骨经炒蒸后成菜，色泽红亮、鲜软味醇。

海鲜类

通海杞麓湖为通海古城的美食提供了得天独厚的条件。通海名菜炒乌鱼片的乌鱼就是本土物种，生长于杞麓湖的乌鱼体大圆滑、肉质嫩美。除此之外，清鲜润口的鲇鱼也是通海上等宴席不可缺少的汤菜，这些都是杞麓湖赐给通海人的美味鲜物。

炒乌鱼片：将大乌鱼切成片状，调配料蒜片、野生细木耳、薄荷、韭菜白头、食盐、味精少量，爆炒，火候要恰到好处，不然鱼片会变老有渣，失去滋润口感。炒好装盘再撒上薄荷。炒乌鱼片的特点：色泽亮白、鱼肉鲜嫩，鲜辣兼存，是通海的名菜之一。

鲇鱼汤：鲇鱼主要以煲汤为主，先将肥硕的鲇鱼洗净，整条放置，调配料姜片、葱白头、盐、胡椒，先煲开汤锅，放入鲇鱼、猪油、食盐、生姜、胡椒，慢火煮二十分钟，放葱头，起锅。鲇鱼汤，其特点是汤色清亮，尤以口味鲜美、鱼肉细腻嫩软而成为通海海鲜汤菜之上品。

红焖鳝鱼： 先将鳝鱼剔去骨头，切成片状，用香油炒好后待用，调配料大蒜（大蒜先用油炒好焖耙），待焖鳝鱼时配上酱油、面酱、大蒜、花椒、食盐，取汤焖十五分钟后起锅，装盘撒上薄荷。红焖鳝鱼的特点：麻辣相宜、口感鲜美，还可配米线吃，称鳝鱼米线。

炒鳝鱼丝： 取大条鳝鱼剔骨，切成丝状，调配料蒜片、酱油、韭菜白头、面酱少许、胡椒粉、食盐，爆炒，起锅装盘撒薄荷。炒鳝鱼丝的特点：口感鲜美，大众口味。

太极黄鳝： 太极黄鳝是通海蒙古族的特色美食。将活鳝鱼放入一盆清水中，滴入香油使其洗净胃肠，待鳝鱼肚中脏物变成泡沫排出体外，取清水漂洗数次，捞起配上花椒、八角、草果、盐、酱油，放清水和鳝鱼入锅，盖锅盖。升温后鳝鱼受热蹦跳，卷成一团，如太极状，加入佐料待水分焖干后起锅装盘，掌握火候不致焦煳或不熟，撒薄荷。吃的时候边吃边剔骨头，味道鲜甜香，此道菜受到滇南一带食客的青睐。

药膳类

通海人懂得养生之道，药膳是人们根据不同季节而烹制的适合滋补身体的膳食。著名的有三七汽锅炖乌鸡、附片炖猪肚、大草乌煮鸡、细黑药炖肉等数十种药膳。

首乌肝片： 先将何首乌煮成汁，猪肝切成薄片加入何首乌汁、盐、料酒、水淀粉兑成芡。锅上火放油，油温升高时放入猪肝片炒熟，沥油，放姜、蒜炒香，加木耳、菜心、葱段、肝片，浇上淀粉芡拌匀，起锅淋油，出锅装盘即可上桌。首乌肝片的特点：猪肝软、嫩、可口，首乌补肝肾、补血乌发，并具有保肝降压、降血脂、软化血管的作用。用上述调配料，可变化为首乌鸡肝、首乌羊肝、首乌肉片等系列菜肴，有同样的食疗效果，都是很好的保健美食。

人参汽锅乌鸡：将嫩乌鸡宰杀洗净后，从背脊处取出内脏，在胸部再开一口，放入沸水中焯水，胸腔扣在汽锅中部的气管上，锅内注入清汤，加盐、胡椒调味，将人参发水，连水一起放入汽锅内，加姜块、葱头蒸两小时，取出葱、姜，放少许味精即可。特点：汤汁清澄，味鲜醇，微苦。药膳佳肴也可变换，将主料换成土鸡、鸽子或鹌鹑等都可做人参汽锅系列，辅料中的人参可换成冬菇、银耳、枸杞、三七、天麻，上述都是通海人民喜爱的保健食品。

山珍类

山珍是通海美食的一大特征，夏季山里生长的各类食用菌，可以烹饪出几十道美味，是大自然的馈赠。

油炸鸡枞：将鸡枞洗净，切成长6厘米，加盐腌渍片刻，调配料干红辣椒切成小段、花椒少许，将菜油放入锅中烧热，将腌过的鸡枞挤干水分放入油锅中，大火炸干水分，小火炸至金黄色后捞出，装入汤缸中滤去油，用留余锅中的油将干辣椒、花椒炸香浇在鸡枞里浸泡两三天即可食用。特点：鸡枞经腌炸后色泽金红，鲜香爽口，油润味醇，是中高级宴席的冷碟。还有油炸干巴菌、油炸牛肝菌等都是通海古城山珍野味的代表菜肴。

酥炸蜂蛹：把蜂巢饼放在火上将巢盖烧开，蜂蛹拣出放入盘里或倒入箩筐内，放在阳光或通风处晒干。锅上火，注入花生油适量，烧至六成熟时，下蜂蛹稍炸，端离火口，待其炸至金黄色，迅速连油一起控入漏勺内，撒上椒盐拌匀，装盘即成。特点：酥脆，香味独特，含较高的蛋白质。

红油木耳：木耳水发，辅料有熟鸡脯肉，调配料酱油、白糖、芝麻油、辣椒油、蒜瓣、韭菜、芫荽、盐、味精，将洗净的黑木耳切成丝，放入沸汤中烫熟晾凉，芫荽切成碎段待用，韭菜垫盘底，鸡脯肉切丝撒在韭菜上，再把木耳挤干水分，摆成三边围圆盘内，把芫荽撒在圆盘周围，最后将蒜蓉放在碗里加入白糖、酱油、味精、辣油，调成红油汁水淋在木耳上即可。用上述方法调料，可加用银耳、黄木耳成为麻酱木耳、酸辣木耳。特点：鲜辣香脆，黑白黄三色分明。

苦刺花肉圆子：将肉剁细待用，鲜苦刺花用沸水煮十五分钟捞起，用清水漂两天（漂的时间越久越没有苦味），调配料胡椒粉、姜米、盐撒在碎肉内拌匀，再将苦刺花放入肉末内捏拌成小团扣碗底，可加入豌豆尖、大白菜之类，上蒸笼蒸一小时，取出即可食用。特点：微苦回味，口感鲜甜。

蕨菜（俗称脚蕨菜）：先将从山上采摘来的蕨菜用沸水煮二十分钟后捞起，用清水漂两天，做菜时调配胡椒粉、面酱、盐、韭菜、猪油、味精，爆炒。特点：口感鲜美、咸辣相宜。

除了山中野菜外，通海人食用的花卉还有荷花、兰花、玉兰、杜鹃等，都是通海花卉美食的元素。

通海古城风味小吃是本土饮食的基础，闻名遐迩的通海糯米粑粑、葱花饼、甜咸凉粉、凉米线、牛肉汤粑粑、豌豆粉蘸油条等，都是外地人首选的风味小吃，也是通海古城内外通海籍赤子记忆中魂牵梦萦的乡愁。

通海素食文化在滇南一带有着深远的影响，加上近年来通海政府推出的素食文化旅游节，更凸显了素食文化与宗教文化的融合。通海自古佛教盛行，有着庞大的念佛吃斋群体，除寺院的斋厨，旧时设有专门的素食场所和烹制素食的大厨，素食场所是十分清雅规矩的，因为素食的群体不仅是佛教徒、僧人，还有文人雅士和看破世俗、清心寡欲的居士。

吃素本身就是一种修为，故而素食场所都是豪华的府第、花厅、斋堂，点缀花桩盆景、名家书画，焚香抚琴，置上古香古色的木雕桌椅。素食场所没有荤食场所行酒划拳的喧嚣和酗酒狼藉的状态。素食品种上百，而且烹制的食材价值要比荤食高，烹饪功夫也要比荤食精湛，烹饪素食的主要食材是蔬菜、花生、豆腐、山珍等。

通海人历来注重吃，吃得风雅、吃得新奇、吃得别致。旧时通海古城家道殷实的官商绅士，都不定期举行盛宴，这些地方绅士的家宴比民间的宴席要高贵得多，宴席的食材品种都是通海有名的山珍海味、肉禽，就连宴席的选地都是装饰华丽的深宅府院和花园、秀山及野外名胜，碗盏都是青花釉瓷牙骨筷，有调桌安椅的家丁，有设摆酒盅器皿的丫鬟，举行家宴要请洞经古乐伴奏，以显宴席的高雅尊贵。

通海古城的文人雅士大凡春天、盛夏、金秋、冬至，都聚集城外名胜，或置酒席于山麓溪水，列饬于泉边瀑下，浓酒甘冽，佳肴美味香飘山野，文士们一酒一诗，一箸一唱和，这种风雅的文人佳宴延续至今。

关于通海人的吃法新奇还流传着一个掌故。民国初年，通海古城的一群绅士盛夏聚集在秀山清凉台举行夏宴。这些富商绅士平时早就把通海的美味佳肴尝遍吃腻，看着一桌菜无法下箸。这时，一位绅士说，诸位想想还有什么东西没有吃过，大家面面相觑都说不上来。有样东西保准诸位都没吃过，这位绅士说，秀山腐叶朽木丛中生出来的土虫敢不敢拿来吃？众人好奇，异口同声说，敢吃。于是吩咐人马上捉了一大碗白花花蠕的、动着的、又长又肥的土虫用油炸了，配上花椒、八角、精盐、辣子面等佐料，这盘油炸蛆虫又香又甜，十分可口。从此，油炸蛆虫（包括深埋地下的土虫）成了这群绅士食客不可缺少的下酒菜，据说这种腐叶朽木丛中和地下的土虫蛋白质含量很高。后来，油炸土虫形成了通海的一道大众菜肴。

通海古城还流传着另一个掌故，说的是清末，通海古城外一个樵夫嗜酒，每天两顿酒不可少。这天晚饭，家里没有了下酒菜，樵夫突发异想，来到城外的一条小溪，从小溪中捞起一些又圆又滑的小石子，回家生火，将小石子配上油、清酱、盐、胡椒、草果、卤粉，在锅里炒一阵，取出下酒。樵夫一口小酒，一粒小石子喝得很惬意，其实樵夫吃的是沾在石子上的佐料。从此樵夫只要没有下酒菜，就炒石子下酒。真可谓富人有富人的吃法，穷人有穷人的吃法。

改革开放以来的几十年，通海古城的饮食发展迎来了鼎盛时期，如雨后春笋般的饮食业各自推出了自己的品牌。古城以通海老南街饭店为传统美食代表，以海云餐厅、通印大酒店等为龙头的企业，在保持了通海几百年来传统烹饪风味的基础上，进行了创新，推出了具有现代饮食科学、养生学的一大批适合于各种层次的新型菜系。以民族特色为代表的饮食群体相继发展，兴蒙蒙古族开创了北方草原民族的传统风味菜系，里山彝族饭店，以本民族的美食风味誉驰滇南，形成通海餐饮文化的一道靓丽风景。而遍布古城、乡镇的各种风味小吃，照样为通海美食文化的辉煌增添了浓墨重彩的一笔。

追溯通海饮食文化的衍变，是从漫长的历史长河中一步一步复兴、繁荣起来的。自清初开始，通海古城风味美食逐渐声名鹊起，继而赢得了小云南的桂冠，这起因于明初朱元璋十万明军平云南，部分将士留驻通海而带来了中原饮食文化。

每个地区的饮食文化，有每个地区的特色。通海的风味饮食集南方、北方、云贵川特色于一体，形成了通海作为通江达海的要冲，适应北来南往的各种饮食风味的特色。

通海饮食文化，是在土著民族（彝族）和元朝北方蒙古族饮食的基础上融入中原饮食元素而形成的。外来饮食文化奠定、铸造了通海古城美食的特殊性和多样化。

饮食文化的昌盛，是通海古城多元文化中的一朵奇葩，是给予古城的一份珍贵馈赠。

雨巷杏花

一条青石板镶嵌的路面，宽仅三米的小巷不长但要拐三个弯才能看到尽头，我的老屋在小巷的中段。

小巷里，上辈老人们一代一代从小巷走向了另一个世界，他们的音容笑貌大多我已记不清了。在我的记忆中，只有青石板的小路、陈旧的老屋和卖杏花的张二爷印象最清晰，细细想来，张二爷也走了二十余年了。

小巷里斑驳的老墙、青灰的瓦房、古朴的门楣，一切依旧，都显露着厚重的明清建筑遗风。几十年来，我眷恋小巷，眷恋小巷里的老屋，眷恋青石板的巷道，眷恋卖杏花的张二爷。小巷路面的青石板，不知碾过多少春秋，被磨得如镜如玉，月色吐辉的夜晚，站在巷头向深处看，青石板折射出一道银色的清光。此时的小巷万籁俱寂，静谧得针落地的声音也能听到。两旁屋舍飘出的夜来香香溢深巷，在这无声无息的银色夜幕下踽踽独行，馥郁盈鼻，仿佛啜饮一杯清淡的香茗，令人心神悠然怡爽。

然而，在我的记忆中，小巷最迷人的景色莫过于细雨霏霏的杏花盛妍的季节，轻逸飘忽的雨丝将青石板洗刷得一尘不染，似碧玉般腻柔光泽，赤着脚掌踩在石面上，润滑舒服。

雨雾溟蒙的小巷，空气氤氲清爽，颇有一番"天街小雨润如酥"的感受。

小巷两旁用红砂石凿成的古拙的排水沟顺着屋檐下的墙脚涓涓流淌。每到夏季雨天，我总要撑起雨伞上街闲逛，尽兴时干脆丢开雨伞，任雨水浇淋。或加入三五成群的顽童队伍，分成两队，各占一边水沟打水仗。水仗一结束，欢笑声哭叫声回响在深邃的小巷。

张二爷碰上这种场面，总会停下脚放下肩上的担，咧着嘴笑得前仰后合。得胜的顽童竟也敢用竹做的水枪射击张二爷，张二爷也被浇湿了衣服，这下又轮到了顽童们一片笑。

小巷居民有种花的习惯，家家院子里绿荫花香，没有院子的人家也要在窗口、墙头种上几盆草兰、菊花什么的。

张二爷只喜欢种杏花，他有一个大园，在园里种了不少杏花。几场春雨过后，杏花盛开，于是小巷的早晨响起了张二爷卖杏花的吆喝声："卖杏花，两分一束。"

这个时候，我坐在临街的窗口静静听着这深沉而又有节奏的吆喝声，望着腰弓背驼、担着满箩杏花悠闲走远了的张二爷的背影发呆。

我怜悯辛劳的张二爷，七十好几的干瘦老头，生活还没有着落，还要自己找嘴。然而我觉得张二爷永远是一个悠然快活的人。

细雨中的小巷，青石小路，两排古朴陈旧的屋舍，红砂石的水沟和馥郁的杏花，编织出了活脱脱的诗情画意。原汁原味的"小楼一夜听春雨，深巷明朝卖杏花"的真实写照。

小巷的青石板，小巷的杏花，小巷的张二爷是永驻我童年的梦境。

三十多年后，城市改造，一幢幢大楼拔地而起。古老的小巷作为历史文化遗产被完整地保留下来，越发凸现了它厚重的文化底蕴。小巷民居古朴的建筑，精湛的门楣雕刻，凝聚着中国古老文化的博大精深。

悠悠古巷，杏花飘馨。三十年后的今天，我徜徉在小巷的青石板路上。两旁屋舍依旧，依然溢出花的芬芳，我感到神思飘逸，激情亢奋中追溯着小巷的沧桑，咀嚼着人生艰辛曲折和欢乐的茴香豆，觉得回味无穷。

居民小组长

张水花是古城棋星街的居民小组长，管辖着一条街五十多户没有职业、闲居家中的老翁老媪、无子女的五保户、待业青年和"地富反坏右"分子。

张水花小组长的工资每月八元，这可是实实在在的财政拨款，算是吃皇粮的人。

台家大院住了九户人家，九户人家的房屋都不是独住的。张水花家住楼下，老酒坛住楼上，李四媭住楼下……由于九户人家住房的穿插拥挤，大家都喜欢多占一点共用地，因此大院里每两天就有人要吵一次架。

大院里一吵架，作为小组长的张水花就得出面调解。张水花在棋星街可是个人物，家庭中，在憨厚的丈夫面前怒目圆睁，在两个儿子一个女儿面前是说一不二。在街坊邻眼里，她俨然就是一个张组长。

张水花还有个雅号：腌菜组长。在讲成分的年代，张水花是三代红，即她的爷爷、奶奶辈、父母辈及丈夫家都是城镇贫民，于是在 1963 年她 50 岁时当上了棋星街的居民小组长。作为女人的张水花不爱做女红、不会腌咸菜，但她有一股犟劲，还能制造 80 分贝的噪音。通知开小组会、开街区大会，她不用一家一户地去通知，站在街头、街尾、街中间三个点一发声，全街居民都能听到。

遇到通知"地富反坏右"分子搞义务劳动、接受批斗，张水花总是拎个布兜，挨家通知，"地富反坏右"分子就知道张组长的腌菜吃完了，不用她开口，出门的时候布兜就满满的。

张组长还有最让居民忧心的特权。但凡居民子女找工作，第一关就得本街组长推荐，外地招工的第一关政审，也得找本街组长。能不能找到工作，张组长拿捏着人家的命脉，于是给她带来的实惠，只有她知道。

王老怪的儿子十六岁，家里吃饭的人多，王老怪叫儿子找工作，他媳妇说："得先找张水花。"王老怪的脾气更倔，"我宁肯喂狗，也不喂这条母狼。她胆敢使坏，老子拿刀劈了她。"

张水花虽然泼辣跋扈，遇到动不动就拿刀拎斧的主，她是不敢惹的，王老怪的儿子没有费一碗腌菜，顺利地进了街道工厂。

子女参加工作，张水花家应该是近水楼台先得月，但她的两个儿子没文化，进不了需要文化的单位。没有文化就只能做组长，她把大儿子整进了丈夫的搬运社，二儿子整进石棉厂烧锅炉。她对两个不争气的儿子说："把你俩的工作整好，你们干不好就是给老娘丢人现眼，我大小也是个组长，要脸皮的。"这一点，张水花是有自知之明的。

九户人家的大杂院，只有两户是原住的，其余七户人家都是土改时的城市贫民。虽然大院里三天两头的小吵小闹，但叫叫嚷嚷之后，大家还是各过各的日子，基本和睦相处。

时间到了1967年初，那场特殊的运动动乱了社会，同时也动乱了台家大院。作为小组长的张水花，事事都得带头，她首先动员大院里的闲人王老怪、老酒坛、李四嬷去督促地主成分的原住户到街面上刷石灰浆、写伟人语录。

老酒坛向张水花嚷着说："刷石灰浆一天多少钱？""没有钱，是街区规定，各家的门前各家负责刷白。"

"这几天没钱买酒，浑身没劲，我刷不动。"老酒坛打起退堂鼓。

"要不这样张组长，我也是靠打短工过日子，刷墙的工钱你出算了，每天八角，看在一个院里的分上，每天你给我六角，门前刷石灰浆的活我全包了。"王老怪说。

"我呸，你们俩约起来整我，告诉你们，这是政治任务，街区主任亲自布置的，是义务工。"

"那就叫大院里的全部人一齐来刷。我这几天腰疼刷不动。"李四嬷说。

王八怪、老酒坛、李四嬷几个成分好的，可以说不干就不干。两个小脚地主就不敢违抗组长的命令了，只能颤颤巍巍地按要求刷起石灰浆。张水花着急，因为按照两个小脚地主的速度是不能按期完成街区下达的任务的。求人不如求己，张水花将两个儿子、丈夫叫来一齐上阵，将大院正街的墙体刷白写上了伟人语录。

张水花对王老怪、老酒坛、李四嬷不配合她的工作很是恼火，总想着找个什么机会报复他们，不然自己就成了他们心中的软柿子，那还怎么管其他人。

张水花去街区开了几次会，好像学到了点什么东西，以组长身份对王老怪、老酒坛、李四嫂说："你们对这次史无前例的运动态度消极，刷石灰墙写毛主席语录，你们的表现就是一种极其恶劣的抵触，街区革委会看在你们出身是工人贫民就不予追究，如果再有下一次，我也保不了你们。"

张水花这一招确实把李四嫂镇住了，当即表示以后要积极参加运动，积极做义务工。但王老怪、老酒坛就是死猪不怕开水烫，对张水花的狐假虎威、装腔作势、拿大话压人这一套早领教过了，两人都不把她的话当真。

运动正如火如荼进行的时候，古城近郊的一个村里发生了一件后来成为古城揪地主变天账的导火索。这户人家是该村的地主，民兵在搜查他家的时候从墙的夹层里搜到一个账本，上面记录着村里农民分他家田地财产的明细账。于是各乡镇掀起了抄挖地主变天账的"无产阶级专政行动"。

张水花领会了街区革委会的"抄挖变天账"指示精神，首先要对本院两家地主进行抄挖，她叫来了李四嫂、王老怪、老酒坛进行阶级斗争教育说："我们都是受过地主阶级压迫的工人、贫民，共产党、毛主席领导穷人翻了身，我们才得以当家做主人，可是地主阶级不甘心他们失去的天堂生活，他们仇恨我们工人、贫民，我们住的房子都是地主家的，他们早把我们的名字记在变天账上了，我们一定要抄挖出来。现在街区的基干民兵工作正忙，我们大院里的变天账我们自己动手抄挖，我们四个加上我儿子、老倌，明天开始，你挖台赵氏、台姜氏的房间，还有台赵氏新砌的土灶也要挖。"

"慢……张组长，我不挖，我是小民百姓，抄家只有分家的人才能做的。你是组长你有权抄挖变天账，你自个儿挖去。"王老怪说完一拍屁股走了。

"台赵氏那眼灶，前个月还是我派人替她用五块钱砌的，也要挖？五块钱是她一个月的生活费，我也不挖。"老酒坛说完也走了。

只有李四嫫说："一个院里住的人，她妯娌俩胆子非常小的，哪敢藏变天账，抬头不见低头见的，就别挖了。"

"你也不敢挖，要退缩了，好好好，你们都是好了伤疤忘了疼，成了地主的孝子贤孙了，我自己干，找出变天账你们别哭天。"张水花对着李四嫫说。

张水花雷声大、雨点小，嘴里喊叫着自己去抄挖地主的变天账，其实她是要王老怪、老酒坛、李四嫫去干，她做个指挥官而已，最后到街区报功，这是张水花历来的工作作风。几天后，张水花到街区向基干民兵队长汇报说：大院里两户地主的家已经抄挖了，没发现变天账。

对王老怪、老酒坛的极度不配合，张水花气坏了，决定寻找机会让两个老男人瞧瞧她的好手段。

157

老酒坛一生嗜酒，父亲在世时还能限制着他的酒量，父亲过世后他就放开喝，大院里的人劝他少喝，他就一句："喝死算啦，能喝一天算一天。"近四十的人媳妇也不找，一人吃饱全家不饿，没有固定的职业，就靠挑柴、割马草、打短工，找一文吃一文，喝得满街醉，古城里没有不认识老酒坛的。

　　张水花想找两个老男人的茬，有一天可算碰到了，街区治保会的人找来张水花问："这家伙是你们街的？"

　　"是的，是的，这老酒鬼又喝醉了。"张水花见老酒坛被结结实实地捆绑着躺在地上哼哼呀呀，嘴里散发出酒糟的酸臭，回问了一句："老酒鬼犯事了？"

　　"他竟敢撕贴在街上的革命标语揩擦呕吐物，被当场捉住，是'现行反革命'，找你来是想了解一下这家伙平时有没有做过什么'反革命'的活动，说过什么'反革命'的言论。"

　　张水花顿了顿说："没有、没有、绝对没有，老酒鬼平时就是爱喝酒，这满城人都知道的，他是工人阶级，孤身一人，苦找苦吃。"

　　"他是你们街的人，你是组长，他这种'反革命'行为组长是有责任的，你看怎么办，是我们交人保组处理，还是你带回教育？"

　　"我带回教育，我带回教育。"张水花连连应诺。叫来两个儿子将老酒坛搀回大院。

　　第二天老酒坛醒来，张水花就嚷道："昨天不是我保你，你个老酒鬼还睡在公安局里呢。"

"我晓得，是你救了我。今后组长要我做哪样尽管开口。"

李四嫫、王老怪和大院其他人感觉到张水花有点莫名其妙，她不应该这样善良的，但她这次对老酒坛确实做了件善良的事。

其实老酒坛撕革命标语揩擦呕吐物被治保组捉住时，酒被吓醒了，但此时他只能装醉。他看到张水花被治保组叫到街区，心里想"完了，这只母狼要把我撕吃了，骨头都不吐"，老酒坛心一横，"张水花你要是落井下石，置我于死地，我进公安局也要拉着你，就说撕革命标语是你教我的"。老酒坛打好腹稿，故作醉态，静听张水花要搬什么石头砸他。当然，结果让老酒坛做了一百个大梦也没想到。

王老怪也感到张水花稀奇了，不承想张水花竟为老酒坛开脱。只要老酒坛进了公安局，"现行反革命"的帽一戴，至少也得五年，王老怪都为老酒坛后怕出一身汗。

说来也怪，自从张水花解救了老酒坛，她心里竟然有了一种莫名的成就感。这成就感在心里就像寒冬里喝了姜糖汤，心里暖暖的，舒服极了。同时，张水花还感觉到住在她楼上的老酒坛近些日子竟没有弄出一点杂噪的声音，以往夜半三更拉屎撒尿那种哗哗声也匿迹了，也听不到他睡觉时那双破鞋丢在楼板上的震动声。偶尔有几天晚上楼上好像无人住一样的静谧。这段时间，张水花特别好睡，就是因为没有了老酒坛的撒尿声、脱鞋声、喝醉酒的哼呀声。

原来，老酒坛为了感激张水花的大恩，夜晚喝醉了他就不回楼上，宁肯在街头巷尾躺上一夜，也不影响张组长的瞌睡，他认为这也是报她大恩的机会。

王老怪住的那间楼，夏天当阳，冬天背阴，夏热冬寒。住在他楼下的李四嬷的房间则是夏凉冬暖。王老怪工改分房时就想着跟李四嬷调换，一是李四嬷不愿意，二是她的丈夫是东北的解放军，王老怪惧怕李四嬷是军人家属。后来，李四嬷的丈夫抗美援朝牺牲在了朝鲜，李四嬷又成了烈属孤寡人，每月领取抚恤金生活，王老怪又动起了歪心思，想要跟她调换房屋，李四嬷还是不肯。于是十多年，来王老怪对楼下的李四嬷没少做过缺德事。

前天，李四嬷的房里地上又湿了一片，水珠是从楼上的楼板缝里漏下来的，李四嬷晓得又是王老怪作祟了，气得找张水花来看。走进李四嬷干净整洁、一尘不染的房间，扑鼻而来的是一股子尿臭味。张水花站在院心里发出了她80分贝的嗓音："王老怪，你个老不死的专做祟逗事，你滚下楼来把李四嬷房里的猫尿舔干净。"

"你嚎丧哪样，不就是昨晚撒尿漏下了点，有什么大惊小怪的。"王老怪还理直气壮。

"我最后一次警告你，王老怪，别说你怪，我怪起来比你怪，人家李四嬷可是烈属，丈夫为国牺牲，比你稀奇多了，还想换人家的房子。从今天起，你王老怪若对李四嬷不尊重，再做祟逗事，我治不了你，还有街区、民政局会来收拾你的。"听着张水花的呵斥，楼上的王老怪哑了。

某种程度上讲，在大院里，甚至在整条棋星街张水花都是李四嬷的保护伞，虽然有时习惯在李四嬷面前耍耍官威，但每次为李四嬷与王老怪矛盾所作的调解，她都站在李四嬷一边。而且她从未向李四嬷索取过什么东西，要说六几年物资匮乏时期，张水花所谓的以权谋私，不过一碗腌菜、半块肥皂，一二尺大花布就算是重礼了，对于米粮根本没有送得起的。

1970年1月5日，古城发生了大地震，城里城外民房倒塌，很多幸存者还被废墟掩埋着，在苦苦挣扎。

这天晚上，张水花睡得很早，八点半就入梦了。朦朦胧胧中一阵轰隆声将她惊醒，一时感到天旋地转，她第一反应就是美帝苏修放原子弹了。她急忙披上衣服夺门而出，嘶开大嗓叫喊着儿子女儿，话音刚落，整座大院又是一阵激烈的颤抖，接着又是一片房屋倒塌，百多年的老墙灰呛得她一阵急促地咳嗽。随着她咳嗽声的停息，整座大院、整条棋星街呈现的是一片死寂，那种静，静得让人毛骨悚然。她向漆黑的大院深处四下张望，没有一点亮光，这时她才发觉自己上身披着衣服，下身只穿着内裤。一月份古城的深夜寒风刺骨，张水花哆嗦起来。这时，她两个儿子的房间传出了闷声闷气的喊妈声。张水花摸到儿子的房间，房门已被坍塌的板壁堵住，张水花使出吃奶的力气挪开板壁，小儿子和女儿才钻出房。

张水花开始大喊起来："王老怪、老酒坛、李四嬷！"又逐一叫喊着大院里的住户，快起来，美帝苏修放原子弹了，快找毛巾捂鼻子。"别嚷了张组长，是地震。"其他人说。李四嫫这才抖抖颤颤出了房，学猫叫，她说猫叫可止住地震。所有能出来的大院住户全部集中在院心里挤成一团，张水花还不见王老怪一家和老酒坛，又大喊起来："王老怪、老酒坛……"

王老怪和老酒坛、台赵氏几人都被埋在废墟里，院里逃出的人面对如此惨烈的震灾和倒塌如山的墙土，无从着手救被埋的人。张水花急得不知所措，她一面叫院里逃出的人全部到街面空旷的地方，一面沿街用她那80分贝的大嗓门叫喊活着的人快到街上，不能躲在屋里。张水花下半夜将整条街上没有被埋的居民一家一家地叫起来，疏散到街上。天破晓时，她被电到一般惊叫起来，"呀，我丈夫和大儿子还在单位值班的……"张水花心急如焚，艰难地爬过满街的残垣断壁来到了丈夫的单位，同样是一片废墟，她用大嗓音叫喊着儿子、丈夫，没有一点回音，"完了完了，一准被埋住了。"

解放军救援赶到时，张水花叫小儿子守在丈夫单位前，协助救助人员救他爹和哥哥，自己则给解放军带路，将棋星街被埋的居民和大院里被埋的王老怪、老酒坛、台李氏全部救出。她丈夫大腿被压成重伤，愈后瘸了，大儿子却被大震夺去了生命。

张水花在整个抗震救灾中所表现出的勇敢、积极、无私，完全颠覆了棋星街居民对她偏执的认识。

"张水花，她是一个合格的小组长。"震后街区领导对她如是评价。

烘笼

世上有很多细微的东西，随着时间的远去，也许人们再也想不起它曾经的存在和作用。科学文化的发展，那些消失了的细小的东西或许不需要传承，但作为曾经使用过它的我们这代人，是不该轻易忘掉它——烘笼。

我对烘笼有一种特殊的情感，小时候，通海古城的冬天不像现在这样温暖，那时通海的冬天下霜下凌，早晨，田野、小河、溪水白茫茫的，水面被冻住了。

冬天放学回家，母亲的第一个举动就是将她双腿夹着取暖的烘笼递给我："赶紧烘烘手。"这句话每次她都说。从母亲手中接过烘笼，像得了个宝贝，捧着从脸烘到脚。那时的烘笼是我心中的一个圣物。

烘笼是民间最普遍、最简单的取暖工具，它发明于什么时代无从考证，但在通海地区至少有上千年的历史。烘笼制作简单，用竹篾织成两种形状，一种圆口的，一种带提把的，里面放个瓦罐便成。

用烘笼取暖时，只要把煮饭时烧剩下的木柴炭火撮到烘笼里，用热灰覆盖就可以取暖了。每隔三两个时辰，温度降低了，用木棍抄一下，温度又升高了。连续几次操作，一天的取暖问题就解决了。

烘笼的用处还有很多。遇到天阴下雨，生了孩子的产妇可以用烘笼烘尿布；衣服少的人家，洗了衣服第二天要出远门等着穿的，可用烘笼解急。

冬天，床上太冷，大人小孩子都怕上床睡觉，于是人们就用烘笼放在被子下烘床铺，尽管烘的是局部，但人们上了床就有了温暖。当然，那年头用烘笼烘床被引发的火灾也大有人在。

烘笼对我们孩子来说还有个特殊的作用：烧豆。将豌豆、黄豆、蚕豆埋在烘笼里，人要远离烘笼，一会豆被烧熟时，一阵噼噼啪啪的爆裂声，灰火四下迸散，豆炸声息后，将烧熟的豆从烘笼里拣出来。经过烧豆的折腾，烘笼里的炭火基本熄灭了，但烘笼却给我们解了馋嘴，挨了冷也值得。

烘笼给我们这代人烙下的印痕是深刻的，当我们使用着层出不穷的、技术含量高的取暖电器时，烘笼的影子还萦绕于脑海。

秀山雨雾

　　雨中游秀山是我最大的乐趣了，而且是踽踽而行，撑着雨伞，踏上第一台石阶，我的思绪就凝固在一个人的世界，什么繁宕惆怅，在脑际中已是一片空白了。

　　山上的亭台、殿宇、楼阁、小径，一切的一切都被雨雾和浓密的森林交织成一张茫茫的霭幔笼罩。

　　雨中的秀山最诱人的就是山中深凹飘然的时而稀薄、时而浓厚的烟雾。雾霭有海潮般翻卷之势，有轻纱缥缈之妙，它将静态的山林殿宇变得动感神逸，演化出了千姿百媚。

　　雨天的秀山，天光冥茫，从树林中透射出来的已不是晴天早晨那种洒满每个角落的金光绚烂，熠熠耀目的是千丝万缕的霞虹彩露、云蒸蔚然的景观。雨天的山显得深幽，光影暗弱，徐步在朦胧的山中，空气清新，身感湿润，极目雨雾中的山景时隐时现，除了别有一番情趣，更多的是不可名状的人生感悟。

　　树林上的雨丝渐渐沥沥地落到蜿蜒的石级上，给本来就很光滑的卵石抹上一层凝脂，似婴儿肌肤般的润腻，没有一丝杂质污垢。雨中秀山天空的雨点是直接降落不到地面的，大雨小雨都经过森林的过滤再滴落下来，故而秀山的雨水是最纯净甘甜的。

秀山的植被吮吸了天露甘霖，千万年来滋养着长青不老的秀美容貌，雨生丽水，水生祥云，云变幻神奇，秀山是大自然的宠儿，把一切的美都赋予了它。

秀山的魅力，从任何一个角度去审视都美不胜收。晴天有晴天的娇艳，雨天有雨天的柔润，雾天有雾天的神奇，雪天有雪天的姿韵。从古到今，多少诗人将秀山的美抒发得至尊至善。

秀山是座柔美娇娆的山，它是一位披着浓绿秀发的美人，她的每一根秀发都有一种温馨，一种美韵，就是石级两旁的小草野花，也似那温情润碧的少女，晶莹的雨珠洒在她们身上，羞答答地垂下了头，烟霭似轻纱薄羽将她们缠裹，在和煦的山风中扭动着婀娜多姿的身姿，向路上的行人投去娇媚的绚丽。连最不起眼的腐木败叶，用不了多少时间它们将要变为山中的一捧沃土，然而在荫郁的草丛中，腐木败叶散发出沁人肺腑的气息，这时，我总要伫立道旁用力吸纳，要让这股最朴质的醇香流遍全身，我仿佛在啜饮一盏甘甜的普洱陈茶，茶的韵味跟眼前腐木败叶散发出的气息完完全全一样，此时，我欲醉、欲狂、欲仰天大呼。

雨中的秀山是静的，但静中有声，有雨声、微风声、空山鸟语声、草丛中呢喃的虫鸣声，还有悦耳地顺着路边汩汩流淌的无数股小溪声。一曲天籁之音，融入幽深空灵的天地间。

雨丝雾幔使山上每一细小的景物陡生虚幻，雾霭缭绕，山中的殿宇楼台时隐时现，伴随着寺院里的晨钟暮鼓，一幅"多少楼台烟雨中"的画卷活脱脱展现眼前。人也随着虚无缥缈的烟霭仿佛进入仙境飘然起来。

走在雨雾缭绕的秀山中，停步在任何一座殿宇楼台前，院落幽雅清爽，花坛池水一派生机，地面洁净，从檐口滴下的雨点有节奏地落在阔大的蕉叶上，一曲《雨打芭蕉》自然天成。墙脚下的竹丛被清丽的雨水洗过，如翡翠般碧绿，修长的竹梢伸延在荷池上，秀山的精灵松鼠欢跃其间，霎时，竹丛中滞留的雨点如大珠小珠落玉盘（池），荷池中水波潋滟，睡莲展媚，那景致天下无双。

霏霏细雨酥润着秀山的躯体，使它增添了无限的清新，茫茫烟雾变幻着秀山神韵。置身于万木葱茏、千卉清香的雨雾山中，我除了赞叹还是赞叹。灵秀妩媚是秀山的特征，然而，翻腾舒卷的秀山烟云所包容吐纳的是深邃厚重的气势，它演化出了秀山的另一面美。

秀山无景不美，妩媚之中见雄奇，秀丽之中见恢宏，虚而则实，实而则虚，这就是雨云中的秀山之美，秀山之雄，秀山之媚，秀山之魂。

抹不掉的回忆

公元 1970 年 1 月 5 日凌晨 1 时 0 分 37 秒。

人的一生，有许多事和时间随着岁月的流逝是会抹去的，然而有的事和时间，却是永远也不能、也不会忘记的。

1970 年，通海古城的傍晚。在那个什么都贫乏的年代，15 岁的人没有现在读书人的那种紧迫感和升学压力，也没有电视、电脑的吸引，吃了晚饭可以三五成群打野仗、躲猫猫、打陀螺、丢窝。我们十来岁的几个少年，算是紧跟形势，玩过后，就坐在秀山沟边的柳树下、石桥上，听县广播站播放到下午 8 点钟的毛主席接见外宾的新闻和革命样板戏后，各自回家，在暗弱的煤油灯下洗完脚上床睡觉。那个时代，日子就这么简单，也就是这种单调清贫的生活，使得人们早早入睡，保证了充足的睡眠，因而那个时代的孩子几乎没有近视，人们的精神状态是充沛饱满的。

物资贫乏的年代，蔬菜吃得多，营养不良，尽管是十四五岁的青少年，也有起床夜尿的习惯。那晚我在夜尿入睡后，在朦朦胧胧的巨大震荡中醒来，听到是老房子在激烈地摇晃，发出嘎嘎的响声，轰隆隆的墙体倒塌声。百多年老屋抖落下来的灰尘，呛得我发出急促的咳嗽。躺在床上揉着惺忪的睡眼能见到天上的星星，短短几秒钟的时间，我的大脑霎时反应过来，是美帝国主义对中国放原子弹了，继而扯被子捂住头，在被窝里喊打倒美帝。那个年代，两个超级大国都有原子弹，我国人民天天备战，但不知是哪国放的，我自然也不清楚，于是只能喊打倒美帝，再喊打倒苏修。那个年代，青少年的血总是沸腾的，不管发生什么事都要保卫毛主席、保卫祖国。

大地剧烈地颤抖后，静得出奇，我依然静躺在床上，心里对美帝、苏修憎恨的激情也平息了，我用手掐了自己的身子，想知道是否被原子弹炸死了，好在身上还会疼。就在这时，楼下传来父母嘶哑的叫声，那声音是一种绝望的颤抖，他们不知道我是生是死，我猛地掀开被子，头一个信息就是父母还活着，大杂院里的人还活着。

"快下楼来……"父母急促地喊着我，我一直不知道那晚我光着脚是怎样从残破的楼上爬到地面上的。我的整个身子被倒下的残物划得鲜血淋淋，大院里的老老少少瑟瑟发抖，团团缩在一起，我母亲找了床单将我裹住，直到那时我还在提醒大院里的人找湿毛巾捂鼻子。一位姓尹的老太太说是地震，捂哪样鼻子。于是我第一次在极度的恐惧中听到了地震这个名词。老太太又说，地震要喊猫，不是捂口鼻，是地下的金鸡与鳖鱼打架，把地给震动了，要喊猫才能镇住金鸡鳖鱼。于是整个大院的人声嘶力竭地喊起猫来。大院里的尹老太恐怕是身临大震中，整个灾区唯一临危不乱，还能讲出这么精彩典故的老人了。

不下五级的余震，缩在大院堂屋里的十几口人眼睁睁看着我睡觉的小楼和尹老太的下耳房在轰隆声中全部倒下。我们不能在屋里了，再来一回余震，堂屋也得倒，得赶快找出口逃生，又是尹老太发出的声音。我记得清楚，大院里那晚很多逃生举措都是那位年已七十五岁的尹老太提出的。大院里的人都听她的，在我母亲唯一的一个手电筒的照射下，终于找到后山墙的一个塌口处，十几个老小得以从这个口子里逃生。

逃生出来，到大院后的一块开阔菜地上，尹老太的第一个动作，就是跪在地上，念喊无数声"菩萨保佑"。我母亲也跟着喊了起来，这些举动，在那个"打破封资修"的年代里是犯法的，然而我尽管是紧跟毛主席的"红卫兵"，面对此"封建迷信"，也没有勇气去批判了。

大震后的街景，跟昨晚比几乎是另外一个世界。整个县城依然是静静的，只有逃生出来的、三五成群聚缩在一起的灾民的喊猫声、叹息声、呻吟声此起彼伏。天空被一层厚厚的灰尘遮住，举目四望，漆黑一团，没有一点亮光。一月份的寒冬深夜，人们冻得发抖，只有紧紧挤在一起。

我们居住的大院隔壁是县供销社。供销社是一处大地主的私家花园，房屋结构相当牢固，而且修建的年代不远。供销社后院的一所垛间，正好与我们居住的大院一墙之隔，垛间被我们大院倒下的后山墙埋得严严实实，我们逃生出来后聚集的空地离供销社垛间不到十米。这时，从垛间的废墟里传出微弱的声音，仔细一听是"毛主席万岁"。垛间废墟里有人。我和父亲拿了手电筒走近垛间，看看是否能救出被埋的喊毛主席万岁的那位革命干部，可是成山的土堆爬都爬不上去，父子俩只能退回原地。

在漫长而绝望和恐惧寒冷中挨到了天亮的灾民，第一声听到的是解放大军救人来了！母亲催促我去找解放军救那个被埋的革命干部，一夜过来，"毛主席万岁"的声音没有间断过，是位真正忠于毛主席的革命干部。

救人的解放军是从桑园部队过来的，我等了一会儿，拉住两个解放军，一起来到埋干部的土堆旁说，这里埋了一个干部，还活着的。解放军首先对被埋干部喊话，然后找准了位置，开始实施营救。那时，施展营救的工具就一把军用铲，另一个就是用手搬。大院里的人大概是被恐惧吓愣了，木头似地呆呆看着也不去帮忙，包括我这个毛主席的"红卫兵"也是愣愣地当看客，一个多小时后，被埋的干部被两位军人救出，幸好只是受伤，随即被抬去医治。

大震逃生的人，大部分直到天亮，才完全清楚昨晚所发生的地动山摇是地震，不是美苏放原子弹，人们的恐惧情绪才舒缓过来。因为二十世纪七十年代初，全中国都在响应毛主席"备战备荒"的号召，两个超级大国对中国虎视眈眈。所以老百姓心中总认为战争随时都会爆发，积极备战的情绪很高，导致了很多人把地震当作是战争爆发，美苏对中国放原子弹。

7.8级的通海大地震，对县城来说，是摧毁性的。那时县城高建筑不多，水泥建筑全城数不出十处来，最大的水泥建筑就是县百货公司，也只有两层。另一处是县电影院大门头，其他99%是土木结构的两层老屋。大震发生后狭窄的街道被阻塞，空地上摆放着一具具血肉模糊的遇难者的尸体，撕心裂肺的哭喊声是小城最凄凉的悲号。残破不堪的小城里暗淡的天空和一幕幕惨状，受伤者的痛苦呻吟，空气里凝固着一股浓烈的老墙土的呛人气味，使人感到一阵窒息。

最早出现在救灾现场的是桑园部队官兵，继而通海县革委组织了自救队，但是毕竟受灾面广，救助人员远远不够，很多被埋群众还在土堆里挣扎。直到1月7日，通海发生大地震的消息传遍全国，昆明军区的解放军紧急奔赴通海，接着邻近县市、省的救援人员也相继赶赴灾区，真正的大规模救援开始了。那时候的救援工作，完全是靠铁锹、铲子、锄头和双手，没有救灾的机械设备，没有探测器，没有救生犬。连续几天，一具具遇难者的尸体被挖出，一个个生还者呻吟着被紧急送往散布在各乡镇的上海、北京、成都的医疗队抢救，被救出的生还者身上都穿着军大衣，是解放军脱下自己的衣服替伤者穿上的，战士们宁可冷着，也不能再让生还者挨冻，让通海人民感受到了人民军队与人民血浓于水的感情。

上海、北京、成都和全国各地的医疗队短短几天陆续赶到了通海，云南边陲小县的人们第一次见到了这么多大地方的医生，倍感亲切。那个年代的人是用毛泽东思想武装起来的，干工作信奉的是"一不怕苦，二不怕死"的大无畏精神，那种信奉是实实在在的。各医疗队的医生，一到灾区，没歇上一口气，就投入紧张的救治伤员的工作中。有的老医生发扬连续工作的精神，在简易的手术台上往往一站就是十来个小时。无私奉献，视灾区人民为亲人，没有虚伪，没有忽悠，没有物质观念，就是那个时代的人的崇高精神。

在那特殊的年代，发放灾区的救援物资是全国各地的慰问信、毛主席语录、毛主席像章、毛泽东选集。所谓援救物资，就是一件军棉衣和土大碗，而军棉衣只有阶级成分好的贫下中农、工人阶级才能领到一件，"四类分子""地富反坏右"什么都没有。

在重建家园的同时，各街道、厂社每天都要集中两小时学习全国各地的慰问信，学习毛泽东思想。灾区的口号是：用毛泽东思想武装起来的灾区人民，不要国家的一分钱，自力更生，艰苦奋斗，重建家园。在抗震救灾最艰苦的那一个多月，各街道夜间组织巡逻队，在小城的废墟上站岗巡查。当时我也手持红缨枪，参加了街道组织的青年巡逻队的夜间巡查。我记得，在某夜的巡逻中，果然抓到了一个老妇人在她房子的废墟上烧纸钱祭奠在地震中死去的两个儿女的亡魂。后经调查，老妇人的成分是贫民，从而免去了被批判的噩运。

在任何灾难面前，特别是大灾难后，活着的人不管以前有什么恩怨宿仇，都会产生一种超强的承受力、凝聚力和宽容感，共构一道团结的桥梁，共同去面对灾难，互相抚慰被灾难灼伤的心灵。

　　我的两个要好的伙伴，地震前的那晚，还跟我们一起在秀山沟的石桥上，冒着寒冷的大风听完广播里的样板戏，回到家四个多小时后，其中一个就在地震中死去了，另一个全家被砸死，只剩下他。我的伙伴，仅仅四个多小时，跟他们竟成了永别。面对目光呆滞、成了孤儿的另一个伙伴，我一句话也讲不出来，唯一能安慰他的话就是：我还约你去背柴。

　　在这次7.8级的大地震中，我的同班同学被砸死的就有四人。其中，苏姓的同学，他们兄弟五人都被砸到了，只剩下了他们的父母。一具具的遇难遗体，一个个被救出的断臂伤腿的幸存者，至今这些惨烈的镜头仍在我脑海中挥之不去。

　　我的那个伙伴强忍着失去亲人的巨大悲痛，参加了街道毛泽东思想宣传队，整天提着石灰桶在废墟的残墙断壁上，跟着街道领导刷写大标语。用他的话说，他的哥哥是"红卫兵"，曾经去过北京，受到毛主席的检阅，他的父亲是街道组长，他要接过哥哥手中的毛主席语录，继承他们的遗志：天塌地陷不动摇，灾区人民想念毛主席。说句实话，我被伙伴这种高昂的战斗激情深深地鼓舞着，心潮起伏。要与天斗、与地震斗，这就是那个时代的呼声。就是凭着这股坚强的毅力，灾区不分老幼都投入抗震救灾中，这是无坚不摧的大无畏精神力量，是任何物质也代替不了的。灾区人民最感动的是，毛主席知道了通海大地震，党中央给灾区发来了慰问信，毛主席派来亲人解放军、医疗队。为了感谢毛主席，人们争先要主席像章，谁的胸前戴的像章多，就会赢得人们的美赞。

通海大地震中，真正意义上的抗震救灾，主要靠灾区人民的双手在废墟中重建家园，灾民们没有依赖国家任何物资援助。比起近几年来各地发生的震灾，国家国际的援助，通海灾区人民真正体现了毛主席自力更生、艰苦奋斗的伟大思想。通海灾区人民提出与天斗、与地斗，不要物资支援，重建家园，这在世界地震史上是没有范例的，是一种奇迹。

通海大地震发生后的一段时间里，通海没有发生任何疫情，大灾之后有大疫的说法没有在通海发生。在整个抗震救灾过程中，通海社会稳定，秩序井然，一个多月后部分工厂恢复生产，学校恢复上课。抓革命，促生产，"阶级斗争"运动还是处于重中之重，批斗会照样进行，"四类分子"除了重建自己的家园，还得替贫下中农出义务工，而且表现得很积极。

任何自然灾害来临之前，都会发生一些异常现象，只是人们没有掌握自然界某些微妙的变化，从而忽略了预防。通海大地震后，人们才回想起震前出现的某些预兆。邻居农民黄大妈说，震前三天，她在屋里看见一条大蛇，一米多长，时值冬月，蛇处于冬眠期，是不可能出现的。邻居王二婶说，震前的头天夜晚，屋里的老鼠特别多，窜出来时显得很惊慌，这些鼠噪声一直延续到深夜。我二姨所在的乡村，很多农户家的猪、牛、马都出现不同程度的烦躁不安、不进食、不入睡现象，还有井水泛气泡，水质变味等。

最富传奇色彩的当数西门的唐家大院里的唐先生，他是大地震那晚从开始到结束的见证者。现年八十三岁的唐老先生是清末学士，街坊尊称唐学士。此老虽年逾八旬，却鹤发童颜，平时健谈，讲古论今。震后他说，近来失眠，灯下观书往往要到深夜。地震前那晚，他喝了点甘蔗渣酒，迷糊到了夜里十一点左右醒来，他心里感到一阵心烦，一股无名的恐惧油然而生，他点上油灯，拥被而坐。近深夜十二点，忽闻大风声。他讲那风声之怪异、之恐怖，是他这辈子没听到过的，阴森中似狼嗥声，且风力特强，有刮倒房屋之势。唐先生说，那种风声，可用毛骨悚然来形容，他顿时感到今晚必有怪异之事发生。他不由自主地穿好长棉袍，拉开小楼窗户看天象，只见漆黑的夜空泛着幽蓝的光，时隐时现，那怪风随着蓝光同样时紧时慢，整个夜空恰似一个巨大的黑洞。唐先生不假思索卷起被子披在身上，摸黑下楼，来到堂屋里喊叫起来："今晚要发生怪事，你们快起来到菜园里去避避。"大院里熟睡的人们被唐先生这一喊都惊醒了，并责怪唐先生发神经，没人理睬他，就连儿媳妇、孙子都说他老糊涂了，儿媳叫他快上楼安睡去，别影响邻居睡觉，大院里的人们又安然地进入了梦乡。唐先生道，只顾睡觉不要命了。他独自一人来到大院后的菜园里，找块空地用被子围着端坐在地上。唐家菜园原先是个花园，里面近五六百平方米，有柏树、池塘，后来大院里的人各家挖了个茅坑，开辟了菜地种菜，花园就变成菜园了。唐先生静坐仰望阴森茫茫的夜空，菜园子的风声依然令人胆寒。

唐老先生在菜园里的寒风中煎熬，约莫半个时辰，他预感的灾难降临了。随着怪风声，几道幽蓝的光似乎从地上迸发而出，刺破黑茫茫的天际，大地霎时像巨大的浪涛一样颠簸起来。大地抖动的那种力量，唐先生讲是"天翻地覆"。几秒钟的大地震动，房屋的墙壁轰隆倒塌，本来席地而坐的唐先生在大地剧烈的抖动中，只好趴在地上，哆哆嗦嗦地喊叫：天灭人了，天灭人了……浓烈的老墙倒塌所散发出的灰尘，呛得唐先生急促地咳嗽，他用棉被捂住头，大地平息了，他还躺在地上。半个多小时后，大院里的人叽叽呱呱地逃生到了菜园，见到木愣愣的唐先生，大伙把他扶了坐起，说他是老神仙。唐先生见大院里的人万幸没有一个伤亡，长长地舒了口气。

按唐老先生的讲述，他就是通海大地震第一个有预感并全程经历大震的人。从地震那晚听到怪风声后，唐先生在震后的几年时间里，一听到稍大的风声就起鸡皮疙瘩，唐先生于震后三年作古。

通海大地震给了我们很多思考，通海人民没有要国家、国际的物资援助，硬是凭着特殊年代一不怕苦，二不怕死，自力更生的精神力量从废墟上站立起来，用自己的双手重建了家园。失去亲人的人们顽强地走出了伤悲的阴影。弹指一挥，通海大地震距今已50多年了，那时的少年已步入天命之年，震灾带给人们心灵的伤痕渐渐抹平，遇难亲人的灵魂在看到通海古城繁荣兴旺的今天，他们已含笑九泉。

废墟、亡者、伤者、医疗队、慰问信、红宝书、毛选、像章都成了永恒的追忆。

震惊世界的通海大地震，也让全国和世界认识到云南边陲小城通海的山山水水，看到了通海人民坚强不屈、战胜自然灾害的大无畏精神。通海人民是知道感恩的，感恩大震后全国各地人民给予的极大关怀与鼓舞，感恩千里迢迢以最快速度赶赴灾区的全国各地的医疗队和亲人解放军。虽然大地震后通海人民没有享受到物资援助，但那个特定的年代，以精神作为抗震救灾的力量支柱，一切困难我们都挺过来了。站在秀山之峰，西山之巅，南山之岭，俯瞰通海古城，我们可以告慰逝者，通海大地已抹平了大震留下的伤痕，迎来了前所未有的盛世昌隆，看着那鳞次栉比的高楼大厦，掩映在湖光山色之中的村庄农舍，我突然觉得通海缺少一座大地震遇难者纪念碑，我们应该让50多年前那场举世震惊的大地震遇难者有个灵魂的归宿之地，同时也让经历过那场大震的人和我们的后代每年的1月5日，有一个共同的祭奠标志。我想，这座纪念碑总有一天会矗立在通海大地上的。

大地震片段

1970年1月5日凌晨1时0分37秒，通海发生7.8级大地震。短短几秒钟，强烈的震波让山崩地裂，房屋一瞬间倒塌成一片废墟。

通海大地震是通海有记载的地震历史上，震级最高、破坏性最大、死亡人数最多、危害最广的一次。通海大地震危害区域包括峨山、建水地区，造成15621人死亡，26783人受伤，房屋倒塌338456间，压死牲畜16638头，这次地震在通海地震历史上书写了最惨重的一页。

震后的那几天，恐怖笼罩着灰蒙蒙的上空，也笼罩着每一个幸存者的心。4—5级的余震一天十几次，大地仿佛随时都在摇晃。房屋倒塌产生的尘埃，形成一种令人窒息的阴霾，久久凝固在每一个灾民的心头。

失去亲人的痛哭声撕心裂肺，伤残人员的痛苦呻吟使人心情悲悯。这一切至今还萦绕在我的脑海中。

地震初感受

地震发生时所产生的响声犹如炸弹爆炸，一阵轰隆声之后，在那人人有备战心理的年代，人们首先想到的不是地震，而是战争爆发，是苏修美帝放原子弹。于是逃生的那一刹那，我爸还想用肥皂毛巾捂口鼻，我家邻居被埋在瓦砾土堆中的干部喊着毛主席万岁、打倒美帝苏修的口号。

我们一家从倒塌的木屋空隙逃出，在一块宽敞的平地上紧挤在一起，每人身上只穿着一层单衣。正值隆冬深夜，寒风霜冻仿佛刀子一样扎在身上，老老小小冻得瑟瑟发抖。余震几次将我们掀翻在地，一位老人哆嗦着告诉我们这是地震，只见她语不成声地喊起猫来，据说喊猫能阻止地震。余震后喊"毛主席万岁"的那位干部也没有声音了，一下静得恐怖异常，只有飘浮着的百年尘灰呛得人喉鼻发痒。

我们一家在恐怖寒冷中挨到天亮。昨天的秀丽古城，已经肢残体碎，一切声音都窒息了。

此时的通海交通中断，无水、无粮、无电，在短短的几小时内，驻军部队火速赶到，投入县革委会组织的救护伤亡人员的战斗中。此时，逃出劫难的灾民，不分老幼都积极寻找埋在废墟中的伤亡人员。

一具具尸体从土堆瓦砾中被挖出。有的全家遇难，有的婴儿还吮吸着母亲的乳汁就无声无息地在母亲怀中被压死。一个个断臂、腿残的伤员痛苦地呻吟着被救出送到安全地带。仅仅一个上午，几百具尸体放满了路边，上千伤员被救出，无医无药，只能默默地忍受着痛苦。

一夜之间失去六个亲人成孤儿

张某某是我的同街伙伴，他父亲是个木匠，大震前两天，即1月3日还为我家做了一扇房门。地震那晚8时许，他们一家就睡了。张某某回忆说，临睡前父亲还叮嘱他每天放学要带两个弟弟去打柴火，因为父亲要去乡下做三五天活。

一切都像往常一样，没有什么异常。张某某是长子，领着两个弟弟住在房里，父母领着一个妹妹住在小楼的外间，祖母住在大楼，全家人甜甜地进入了梦乡。

梦中张某某似乎被一阵隆隆声惊醒了，此时他感到身子沉甸甸地被什么压着，已不能动弹。那年头的备战备荒触及着每个人的灵魂，张某某脑子里没有地震这个概念，他首先感到的是可怕的原子弹和战争。于是他大声喊叫两个弟弟，快用被子捂住头。他当时根本没听到弟弟们是否有回声，自己就撕拽被角蒙住了头。他还想叫楼上的父母、妹妹，又想到他们也许也会这样保护自己的。

张某某静静地躺着到了天亮，夜间所有的余震他都清楚，但他根本不知道什么是地震。当亮光从倒塌的房屋空隙射进来时，张某某感觉到身子失去了功能，两腿麻木，他开始大叫父母、弟妹、奶奶，然而他再也听不到他们的回音了。

张某某的住处偏僻，房屋陈旧破损，全部被震倒。他在土中被埋了整整一夜一天，于1月6日下午5时半被救出，除了下肢被压伤，其余无损，但身体已脱水，十分虚弱，当即被送到伤员集中点。7日上午，张某某挣扎着回家看父母、弟妹时，家门外的空地上一字排开放了6具尸体，已用白布裹好，只露着头部。父母和妹妹及一个弟弟的脸已血肉模糊，辨认不清，另一个弟弟和奶奶的额头被压得畸形。15岁的张某某目光呆滞地坐在6个亲人的面前一整夜。第二天，救护人员要拉尸体去掩埋的时候，张某某"哇"地一声扑到父母身上呼天号地恸哭起来……

后来张某某被他父亲的好友收养。

白发人送黑发人

苏氏夫妇带着5个儿子纺石棉直到11点钟才洗脚上床，5个儿子最大的是15岁的苏文怡，次子苏文辉（两人都是笔者的同班同学），最小的7岁，哥5人住在两间房里，他们的父母住在楼上。

苏氏夫妇等孩子们睡了后，进房的时候已是12时35分。两位老人回忆说，地震时他们还醒着讲闲，猛然大地一阵激烈的抖动，接着左右摇晃起来，他们惊惶万分，等反应过来是地震时，苏氏夫妇已被土墙浅埋了半截身子，被雾腾腾的灰尘呛得几乎喘不过气来。夫妇俩蓦然想起房里的 5 个儿子，于是一边激烈地咳嗽，一边撕破嗓门喊儿子。然而，大震后的空间虽静得出奇，可就是听不见儿子们的一丝回音。丈夫凭着力气大将身上的土坯搬开，挣扎着爬下楼，抬头已看得见天空里的星星了。他先返回楼上将妻子救出，夫妇俩爬到儿子们房前，两间房已被严严实实地覆埋了。苏氏夫妇一直喊着儿子们到天亮，他们再也喊不出来了。

苏氏夫妇配合解放军从很深的土堆中挖刨出 5 个被压死的儿子，他们静静地闭着眼，额面一块块的瘀血、青紫。夫妇俩悲恸得昏厥过去。

孤儿李某某

李某某是我小时候的伙伴，放学后我们经常相约到山上拾柴火。20 世纪 70 年代初那个特殊的年代，通海城的闲散居民包括学生无一不靠纺石棉帮补生计。李某某家兄弟姐妹 4 人，他和大弟、姐姐白天放学后拾柴，晚上挑灯纺石棉。

李某某的姐姐是中学生，1969 年"红卫兵大串联"时到过北京，在天安门广场接受毛主席的检阅，对此他们全家感到非常自豪。也就是女儿到北京见了毛主席，李某某的母亲还当了居民小组长。

地震前的几小时，一家人在昏暗的油灯下纺着石棉，姐姐风趣地说，要弟弟们上中学后跟她一样坐不要钱的火车到北京去见毛主席。

李某某和弟妹们憧憬着姐姐美好的祝愿，各自入睡了。

李某某的回忆与其他幸存者大致相同，他说熟睡中感到一股巨大的力量以劈山倒海之势将他震醒，刺鼻的灰尘使他张开大嘴喘息，他急忙去摸桌上的火柴，喊着另一床上的弟妹，他的手触摸到的不是火柴而是土块，弟妹也没有回声。他再喊父母和姐姐，同样没回声。李某某惊恐中在倒塌的房间里摸爬。他后来说，不知道自己是怎样从倒平了的屋子废墟瓦砾中爬出来的。到了街上，他大声呼喊去救土堆中的亲人。直到解放军赶到后的下午，才把父母、姐姐、弟妹的尸体全部挖刨出来，五个亲人中，李某某的姐姐死得最惨，一根楼楞正打在头上。"我永远忘不了姐姐死时的惨状"，李某某如是说。

冬天蛇缠老鼠

城郊一社的赵洪氏老人，夜里12点半才去喂猪食，奇怪的是，猪饿到了深夜却不吃食，一个劲儿地拱圈，发出咕咕的声音，十分烦躁的样子。震前的怪风和猪的骚动没有引起赵老太的注意，她以为猪生病了不吃食。她上楼后靠着一扇破窗拣起黄豆。没10分钟，大震降临，震波一下将本就腐朽的楼房和她一起掀翻跌到了天井，赵老太断了三根肋骨伤了脊椎，落得终身残疾。圈里的那头猪奇迹般地拱破圈门没命地冲出来。地震那晚，猪的反常逃生，使赵老太回忆起大震前的两天，即1970年1月3日中午，她从田里收工回家，在堂屋的一个角落里听到老鼠的惨叫，她寻找过去，吓出冷汗，只见一条一米四五的花麻蛇正缠住一只大老鼠。她几步跳出门叫人来打蛇，不过才十来分钟，蛇就不见了，只有那被缠的老鼠在原地抽搐，蛇竟然没有吃老鼠。赵老太觉得奇怪，因为家里从来没见过麻蛇。

血浓于水　手足情深

1月6日，通海地震惊动了全国，党中央、毛主席发来了慰问电，派出了慰问团，全国各地的医疗队陆续赶到灾区。医疗队的到来，使正在危难中煎熬的灾区伤员见到了救星，毛主席派亲人来了！上海、北京、四川的医疗队是第一批赶到通海古城的，老人们流着泪向苍天祈祷，孩子们从极度恐怖中走出，惊喜地奔走呼喊，那感激的场面是用语言无法表达的。

我家窝棚附近的一个伤员集中点，由北京医疗队一个分队负责。在我眼里，北京的医生一踏上这片废墟就没有休息过，没睡过一个好觉，没吃过一顿温热、更别说可口的饭菜。

在临时搭建的手术台、治疗室，天黑后由十几只手电照着，再晚也要做完伤员的手术。仅仅 3 天的时间，北京的医生就治疗了 36 个重伤员。我印象中，一位年已半百的老医生分队长，他在手术台上一站就是一天。

伤员抢救完后，北京的医生开始流动走访帐篷里的灾民，替老人、妇女检查身体，那种无微不至的热情周到，感动得灾民拉住医生们的手不放。北京医生们说，是毛主席派我们来的，应该感谢党中央、感谢毛主席。

那个时期出生的孩子大部分是由北京、上海、四川医生接生的，人们为了感谢这些亲人，孩子的名字就取为小北京、小上海。两个月的时间，北京医生与我们古城的灾民成了一家人。医生们常到帐篷里与灾民侃大山，讲北京的风光。男医生们学吸云南的水烟筒，由于不会换气，从烟锅嘴里喷出的水浇洒了他们一脸，逗得人们笑弯了腰。灾民们还将自己的咸菜送给医生们，此时此刻，血浓于水的同胞手足情表现得那么殷切。

最感人的场面是北京医生返京的那一刻，医生们默默地，灾民们也默默地，无声胜有声，一双双救治了几百名伤员的手，紧紧地握着朴实淳厚的灾民的手，久久放不开。老人流着泪，被治好的伤员流着泪，孩子们流着泪，汇成了一句：亲人们一路保重，通海人民不会忘记你们的恩德。那种情感是人世间最真挚的肺腑之言，那场面至今还萦绕在我眼前。

萤火虫

　　暮秋的十月是萤火虫最繁盛的时节，登秀山到白龙寺汲山泉是十几年的习惯，每次返回的途中已是夜幕降临、山路昏暗。不知什么时候，山道两侧的灌木丛中已有无数的萤火浮动，使人的眼睛一亮。放眼苍茫茫的林子，好似天地连成一片，那萤点就像天上的繁星，甚是奇观，我这才想起是有萤火虫的时候了。

　　秀山的夜是美的，深幽的黛色中，林子深处缭绕着轻丝似的岚气。十月的秀山没有风，一切都是平静的，萤火虫的荧光给深幽的夜幕增添了一道荧色，夜色越浓萤火虫越多，荧光也越亮。我用了一个时辰，独处于萤火虫的世界，放松身心，凝神注视着林子里飘浮耀眼的荧光，它们给人的是一种神奇的感觉，脑子里呈现出借荧观书的典故，一只小小的昆虫给人类文明留下了如此美妙的故事，而且这个故事是世界性的，可见中国人对自然界的探索、对昆虫的利用与研究可谓到家了。

　　萤火虫的美在于荧光，一只小虫能放射出如此耀眼的光来，这是人们对萤火虫特别青睐的缘故，小虫的光在黑暗中给人带来一点光明，这一点光明有时是人类战胜生命极限的力量。

　　夜间观萤火虫，要有一种静态，甚至超脱的意念才能进入荧光世界的意境。

小虫似乎也有一种神奇的力量在灌木丛中飘飘浮浮，没有一般昆虫飞的感觉，就像人们想象中的灵魂，忽升忽降，忽远忽近，有时直接附在你的身躯上，这时仿佛你的灵魂已走出躯体，随荧光升到天上，进入地下。

夜幕深沉，树色苍黛，一切都处于静谧和谐之中，只有一片片的荧光点缀了这座幽静的山。仰望繁星，这时才能真正享受到天地之无限，自然之美好，什么世俗的杂念、人生烦恼全抛出脑海心际。这是从大自然得来的一种不可名状的力量，一种心灵的慰藉，一种人生最真、最朴质、最实在的享受。

萤火虫的繁盛季节处于果实丰收的金秋，它带给人们的是一种奋斗与收获的亮光，是一种吉祥的、祝福的荧光。同时，有萤火虫出现的地方，一定是环境优美、清新，无任何污染的青山秀水，可见它是一种十分讲究生存繁殖条件的昆虫。萤火虫的种类有两千多种，秀山上的萤火虫体小，羽翼似飞蛾，但荧光明亮，飞行高度三米左右。秀山的自然环境最适合萤火虫的繁殖，于是每年的这个季节，秀山夜晚的丛林里就荧影闪烁，成了秀山夜色的一大奇观。很多城里的孩子们对萤火虫都怀着好奇，觉得这种小虫很神秘，总要大人带他们踏夜上山近距离观看，无疑，这是一种让孩子们接触自然、了解自然、保护自然的校外课堂，可以说在这荧光的海洋里，父母们总会不约而同地一边观赏荧光，一边给孩子们讲述着古老的借荧光读书的传说，以此激励孩子们读好书、勤读书。

金秋的秀山夜晚，略有一些寒意，幽暗的石级小径，树叶偶尔从很高的树上坠下，空气清新，沁人心肺。让自我完全融入黑暗的山中，让萤火虫陪伴着，让灵魂在自然的空灵中漫游，无一丝杂念、一丝恐惧，甚至感觉自我已不存在，这实实在在是一种夜幕下的大美，一种清洗心中杂念的享受。要享受这种感觉只有在夜幕中身临其境，让你的思维暂时与那些可爱的萤火虫浑然一体，那时你才能感觉到、享受到秀山夜幕的大美神奇。

云岭花街

赶一趟花街、染一身春色，通海古城花街在让世人了解通海人爱花的同时，也感悟到通海多元文化的发展与博大。通海古城花街是云岭绚烂的奇葩，是通海人、云南人共同的节日。开放的通海，好客的通海人，用鲜花装点春天，用鲜花拥抱远方的客人……

通海古城花街始于 1990 年，于每年的正月十六前后举办。通海古城花街一出现就以她的多姿妩媚展现在世人面前，赢得了省内外游人的赞赏。

古城花街是通海人的节日。当人们还沉浸在春节的气氛里，花街就在融融春风中展妍了她的姿容。烟花三月，春霭氤氲，和煦的春风沐浴着沸腾的通海古城，沐浴着省内外的宾客。

通海花街历届都在变，变得新奇、厚重、多元化。花街逐渐形成集彩灯、音乐、民族歌舞、诗书画、民俗风情、洞经古乐、园林艺术为一体的通海文化艺术大观园。矗立花街的古典牌坊，仿佛将人们带入了尼郎胜境。古典的牌楼、花亭、墙门与鳞次栉比的现代化大厦相映衬，象征了通海古城的历史与新生。

通海花街景点各异，特色靓显，既有江南水乡的玲珑秀丽，又有苏杭园林的典雅，浓缩了楼台亭阁、假山喷泉、小桥流水、幽径曲廊、瀑布苍松、山村野庐、茅舍田园、青竹垂柳，将游人带入了恬静野趣的大自然。

通海是诗词楹联之乡，将楹联融入花街，满目珠玑，用楹联讴歌美好的春天，颂扬祥和盛世、物阜民丰，赞颂国泰民安、文明圣德。

赋诗台，书画案，诗美词丽，翰墨飘香。外地游客与书画家纵情挥毫，抒发对通海尼郎古风的眷恋和赞美。

近几届通海花街的规模格调，越发凸显了通海花街的情趣和韵味，尤以彩灯、花亭、牌楼彰显了花街的绚烂妩媚。

古城人和外地游客钟情于花街的夜晚，漫步花街，花与灯相互交融，斑斓溢彩，让人感受到的是温馨、是置身于仙宫的悠然愉悦。一阵阵悠扬的古乐声，使畅游花街的人们吮吸着花的馥郁，沁润心脾，魂清神逸。

花如潮，人如海，游人摩肩接踵。绚丽璀璨的花世界，一张张在花丛中绽放的艳若彩霞的笑脸，都被相机留了下来。通海花街是通海古城二十多年前新生的节日，是通海古城多元化文化的集中代表，通海花街给古城增添了自豪和荣誉，带来了经济的发展和文化的繁荣。

现代人各自都在追寻美的感觉，追寻高雅健康的精神生活。通海花街恰恰具备了人们的寻求精神享受的特性。

通海花街有一种综合整体的魅力，它包罗万象，生机盎然，琳琅满目，看似通俗却蕴藏着文人雅士的阳春白雪，也彰显着人们所追寻的大众化的美。置身于通海花街，我们宛若到了一片圣洁的梦幻的花世界。面对现代日益繁忙的工作节奏，两年一度的通海花街，给古城人、给外地游客带来了几日清新、雅致、悠闲的享受，它调节了人们的工作压力，人们紧张的心情在花街上得到了舒缓。同样，通海花街也折射出了现代人追求自然的情趣。

赏花、谈花、赞花、买花、卖花是古城人、外地人时兴的话题，短短半个月的花街天天都弥漫着节日的气氛。赶一趟花街，染一身春色，带回一种享受，一阵欢乐，一片情趣。宾客到通海赶一次花街带走的是通海可餐的秀色和通海古城人热忱好客、朴质蔼然的心情，带走的是通海经济文化发展繁荣的名片。

通海人爱花、种花历史悠久。通海六百多年的历史，得"冠冕南州""礼乐名邦"之名，与花文化的繁荣是分不开的。从通海的旧时市井记载可以看出，古城人家都置有院心，院中必植花卉，一般庶民尚且种花，富贵、官宦、商贾更是盖有花园卉圃。花的摆设置有精致花架、石礅。商铺、茶肆酒楼、文人社团、寺庙道庵、梨园堂会都有花卉花、桩盆、景点缀环境。对大自然，通海官绅、商贾、文人学士更是情有独钟，每年都盛行春游芳草地、夏赏荷花池、秋饮菊花酒、冬吟梅花诗的雅趣。这种花的习俗一直延续至今，而且奠定了通海花卉种植的基础。

通海名花迭出，争奇斗艳。通海剑兰以其叶脉挺直，花芳幽馥而闻名全国。曾经得到朱德委员长赞誉的通海花桩，更是以别具一格、枯木逢春的高贵韵质赢得省内外人士的青睐。桃桩、梅桩、香樟、黑果木桩的造型千姿百态，让人震撼。山水盆景，咫尺之间呈现的是千山竞秀、万壑争流、奇峰峻岭的大气。通海本土培植的剑兰、杜鹃、山茶、牡丹、玉兰、罗汉松、缅桂、万年青、百合、康乃馨、玫瑰，上百种花卉异草近几年已形成了产业化，远销省内外，并在多次花桩、兰花参展比赛中夺冠，为通海的花卉产业化赢得了市场，是通海多元化文化发展取得的硕果。

花是通海人生活中不可缺少的一部分，随着人们的生活日益富裕，家家厅堂书斋都要摆设鲜花，花成了通海人文化的象征。

通海花街的另一个特色，以花为媒，以花街为契机，通海各企业纷纷展现自己的产品，从花街上基本上可以了解通海的工业、农业、农副业、手工业、食品业、旅游业发展的全貌，为通海工业强县、文化兴县铺垫了强实的基础。

每个地方和区域都有代表它文明的一面，通海花街就是通海最绚丽的一朵奇葩。通海花街是古城文化集中展示的平台，是通海人盛大的节日，是云岭绚丽的彩虹。

桃花园里人家

几声春雷响过，紧接着，两场酥绵绵的小雨飘洒在了干枯的土地上。春雨贵如油，一点不假。小雨过后天又晴，但人们还是感受到了春雨润泽后的清新气息。蔫败败、无精打采的草木泛出了略略的绿意，平时看上去灰扑扑的草甸，春雨拂去草上的灰痕，已是一片盎然。我蓦然想起该是桃花盛开的时候了，自然也想起了桃花园里的、从贵州来到古城讨生活的朋友宝贵。

其实，没有第一场春雨的润泽，古城南山坡上的桃花还是早早地开了。

我决意要去找桃花园里的朋友宝贵。来到山脚，仰望远处的桃林，果然是一片彤红的卷云，种地人家的土屋被花潮掩覆，只露出屋顶。

到宝贵家的桃园要翻过南山坡二里地。我进入桃园时竟然没遭到看家犬的狂吠，这才发现屋已空。屋前房后早已荒芜凄凉，我顿感心里空落落的。宝贵是回家了还是租种别的山地去了？不可能，这里蛮好的。我顿觉一片茫然，也无心观赏桃园的春色。

只好独坐在空屋小院已破损的一张水泥桌前。

土屋前平地上的这张用四个空心砖支撑着的水泥桌是我最熟

悉的，我每次到宝贵的桃园都是在这张水泥桌上喝着宝贵给我盛的用山泉冲泡的山茶。桃子熟的时候，也是在这张水泥桌上吃着宝贵给我削的鲜桃。

宝贵是贵州人，十年前就到南山租种附近农民的山地和桃园。宝贵一家四口人，千里迢迢来到通海种山地，除农活外，闲时就下山收破烂，我就是四年前在他收旧物时认识他的。我卖给他的旧物不要价，也不看他是否短秤，但他给的价其实比别人略高。收完之后，宝贵还替我收拾不能卖钱的垃圾，说顺便给我拉去丢了，我还没说谢谢的客套话，宝贵又说："我在南山坡租种山地桃园，桃花开的时候很好看，有时间上来玩，透透气……"

真正到宝贵桃园是一次爬南山偶遇他，他刚从城里买了些日用品上山，在他的盛情邀请下，陪他走了二里地，来到了他的桃园家里。一间用石棉瓦、四面墙用黄土夯实建盖的住房，被分做三小间，坐南朝北，左右各一间算作卧室，中间算作客堂，在正屋的外面搭一间偏房算作厨房。宝贵在屋外平整了一块场地算作小院，地面全用沟壑里的卵石铺成。他向我介绍，赤脚在上面走动，自然按摩脚掌可以健身。宝贵砍些杂木荆条将小院围起来，院中有三株桃树，一株杂木树，那张水泥桌放置在杂树下，小院环境幽雅、清秀。宝贵的住房与其他种山地的人家不同，没有猪、羊、鸡、狗的臭气熏天。宝贵将土屋收拾得井井有条，一点不乱，地面干净，摆放整洁，家畜与住房隔有半块地的距离，就是盛夏，也少有苍蝇飞舞，举目四望，确是一块世外桃源，农家小院。

宝贵虽是种山地的，但他很会过日子，小酒每顿都喝一点，并说每天劳动后喝点酒缓解疲劳。从饲养的家畜数量和种地面积看，他是个很勤劳的人。大串的陈年包谷、大红辣椒挂满四周的墙壁，瓜果土豆、时鲜蔬菜、土鸡、山羊什么都有。宝贵是个质朴的种地人，他向我透露，他一年的收入不亚于城里的公务员。除了日常生活用品和娃娃上学的费用外，其他基本上用不到钱，每年净剩一两万元寄回贵州，孝敬爹娘，供养弟妹。他跟我拉家常的语言是那么激昂，并一再重复，通海这地方是块宝地、福地，他的家乡土地贫瘠，土少石头多，养不活人。从宝贵的神态中，我看得出他十分眷恋通海这块肥沃的土地。

　　"能过上这样的日子我知足了！"这句话也是宝贵常叨念的。宝贵是勤劳的、善良淳朴的，是个大孝之人，同时他也是幸福的。在小院的水泥桌上，看着一男一女两个孩子做作业，他的妻子在一旁做针线活，他半躺在桃树下吸着烟袋，喝着野山茶，他是多么惬意。他的两个孩子在山下的学校念书，山里的孩子成熟早，他们夫妻俩从来不接送。大儿子出生在家乡，女儿是在通海出生的，早上下山上学，晚上才回山里，风雨严寒从不缺课。宝贵说，两个孩子的学习还可以。我劝过宝贵，有时间接送一下孩子，看着走在这大山里的两个弱小的身影，实在觉得可怜。宝贵说："山里的娃娃是天养的，淋一身雨，滚一身泥，不像城里的娃娃娇贵，不知哪样是感冒。"

　　是的，宝贵的孩子无论如何也无法与城里的孩子比。城里人接送孩子上下学是全家人生活中的特等大事，有的甚至全家出动，替娃娃背书包，提食品饮料，哪怕家离学校很近。有车的，特别有高级轿车的，都要拥挤在狭窄的街上去学校接送孩子，这是城里人时下固有的心态，让孩子享受的同时祈望成龙成凤。

作为种地人养的娃娃，宝贵对他们的学习、成长，甚至将来过什么日子，就一句话："任其发展"。但他绝不相信，法官的儿子永远是法官，贼的儿子永远是贼的谬论，他列举了中外的帝王将相，说有很多也是农民的儿子。宝贵说，他是种地的，希望儿女没出息是假话，但生得种地的命，他们也不气，在中国，种地人毕竟占多数。这就是种地人宝贵的心态，他这种心态过起日子来舒坦，没压力、面子包袱。

宝贵也有不理智的地方。他有两个孩子，而且一男一女，但他媳妇的肚子又凸了。我说儿多父母苦，少生优育，好好培养。宝贵一阵爽朗的大笑后诡秘地说："不怕你笑话，山里人没别的乐趣，天一黑就上床和老婆乐呵，不生才怪。"这也许是实话，但很多山里种地的人家就是被这种实话束缚，把生育当乐趣，于国于家都不合适，宝贵也承认我的话有理，并说他就生三个，绝不再生第四个了。

豪放、淳朴的宝贵闲时常与妻子和两个娃娃逗乐，爽朗的笑声，伴随着老土屋、水泥桌椅、三碗粗茶饭、半斤老白干，宝贵的生活是原生态的，他饲养的猪、鸡都是土种，猪喂熟食、包谷加土豆。宝贵炖猪肉、烹鸡汤，那纯正的猪肉、鸡肉香味，可谓香飘满园。

　　宝贵念了三年小学，因家贫辍学务农。在跟他的几次闲聊中，我认为他是一个有文化的人，具备了川贵男人无拘束的健谈风格，天南海北朗朗出口。特别使我惊诧的是，宝贵对环境保护、生态平衡有他的见解。宝贵说，地球不仅属于人类，是所有生命的家园，维护人类生命的有五谷杂粮、上千蔬果、猪鸡羊是上天赐给人吃的，可以吃，上天赐给人的食物太多了。可作为主宰地球的人类为什么还要去捕杀那些不属于人吃的鲜活的生灵来满足自己的食欲。在他的家乡，他就养成了不伤害动物的习惯。他家耕田种地的老牛，丧失了劳动力后，尽管家境贫穷，但从不宰杀老牛，给它养老，死后埋葬。宝贵说做人心不能那样黑，牛一生为人吃大苦，为人创造财富，人给了它什么，仅仅是一堆草料。宝贵说，有一次他的贵州老乡抓到一条大蛇，叫他去吃土鸡炖蛇，宝贵说："我不去，你也不能吃，蛇是有灵性的，你我从千里外来到这片大山里种地讨生活，这里的一切动物都不能伤害。"贵州老乡说："怕哪样，靠山吃山，不过听你的就不吃，卖了。"宝贵说："卖了也等于你吃了，要卖多少钱？"老乡说这条蛇至少值百十元。"那就卖给我，一百元，我买了放掉。"来到老乡家里，果然看到竹筐里蜷着一条二米多长、胳膊粗细的蝮蛇，宝贵递钱给老乡，老乡哈哈一笑说："你说得对，放了。哪个要你的钱。"这事是他跟我讲的，还劝我这个城里的人嘴不要馋，千万不能吃野生动物。

一位种地人，能有如此的生态意识是我没想到的。对时下某些挖空心思寻找野味享受的人，要理解他们这位种地人对待动物的善意是很难的。

面对人去屋空的桃园，尽管桃花开得艳丽，我也无心观赏。宝贵豪放、朴实、豁达的形象久久萦绕在我的脑际。我不知道宝贵离开桃园的原因，是回家还是到别的地方谋生去了，不管宝贵到了哪里，他都是一个好人，一个在通海古城居住过的善良、淳朴，无任何杂念的人。

母亲，生命的守护天使

　　每年的春天，在燕子筑巢的时候，小瑛就挪动着笨重的身子，拖着麻木的双腿伏在窗口，凝神望着那对忙碌地为哺育巢中乳燕的劳燕而伤感。这个时候，她想到母亲，那辛勤的燕子妈妈就是母亲的化身。小瑛为两只燕子祈祷平安，跟她祈祷母亲健康一样虔诚。

　　小瑛和母亲住在古城的秀山脚下。小瑛是在母亲的背上长大的，七岁的时候母亲又背她上学。小瑛是个不幸的女孩，她认为她的出生给母亲带来了一辈子的苦难，让父亲生儿子传宗接代的梦想破灭。小瑛一生下来就多病，好几次病危，花了父亲的很多钱，父亲认为她就是来讨债的。两岁的时候，厄运降临到了小瑛的身上，因母亲回外婆家借钱买猪崽，天下暴雨冲断了回家的路桥，第三天母亲才回到家，一场高烧将小瑛烧得不像人形，母亲用借到买猪崽的钱送小瑛去医院，可耽误了最佳的治疗时间，小瑛的下肢畸形了，母亲要和父亲拼命，问他为什么不送孩子去医院，父亲说一般的发热去什么医院，发几天不就好了。父亲见小瑛这下真的留下了残疾，更加肯定小瑛是个讨债鬼，并萌生了恶毒的歹念，要将小瑛遗弃。小瑛母亲紧紧抱着女儿，护着那幼小赢弱的生命。

在小瑛落下残疾的三个月后，父亲遗弃了小瑛母女。这下母亲心里反而踏实了，因为母亲时时担心父亲会背着她将小瑛丢弃。

小瑛的母亲是有骨气的，与父亲离婚后，背起小瑛回到了娘家，住在古城边的两间烤房里，上山砍柴，下地做活，母亲的背就是儿时小瑛的摇篮。

小瑛的母亲在小瑛外婆家周边算是生得漂亮的女人，离异后的那段日子，有几个男人，包括未婚的都向她表示敬佩和爱慕，但小瑛母亲就没想再嫁人。

尽管向母亲求爱的男人表示愿意共同抚养小瑛，可母亲就是没有动心。小瑛知道母亲是怕她受委屈。母亲尝够了男人的虚伪和狠心，母亲要为她献出她的全部。

母亲的顽强给了懂事的小瑛战胜疾病的勇气，母亲的辛劳使小瑛生活苦中有乐。母亲除了干田地里的活，还编织竹器。母亲对她说，要用卖竹器的钱供她念书，一直念到大学，还要替她攒够养老的钱。母亲的理想当然是小瑛的理想，可当小瑛看着母亲那瘦弱的身影忙里忙外时，很是心痛。学校离家足有三里地，母亲背小瑛上学，每天往返两次，风雨无阻，让学校里的老师和学生都很动容。

体弱多病的小瑛，夜里经常发烧或全身抽搐。有多少个风雨交加的夜晚，母亲背着她跑向古城的医院，小瑛趴在母亲温暖的背上，心在颤抖，母亲呀！羊有跪乳之情，鸦有反哺之恩，小瑛我又能报答您什么。有一次，病中的小瑛拉住母亲的手说："妈，别医治了，让我死吧。"母亲第一次对她发怒说，"咱娘儿俩的命是拴在一起的，牲畜飞禽都舍不得自己的儿女，何况是人。"

上大学是母亲为了宽慰她的心，高中毕业后，十八岁的小瑛在外婆家的支持下凑了点钱在古城里开了间小卖部，开始学着自食其力。母亲为她进货，依然忙得疲惫不堪。自从她来到这个世界上，母亲就是她的蓝天、空气和春风。母亲为了她的生存而殚精沥血，已经不像四五十岁的人了，憔悴的脸庞，额头和眼角布满了沧桑岁月的沟痕，过早地成了小瑛的白发亲娘。苦难慈祥的母亲为了小瑛这个不幸的女孩付出了一生的心血，却无怨无悔，把女儿看成是她心中的希望。

小瑛和母亲的苦难经历，淬炼了母女二人的勇敢、坚毅和善良。有一天，听人说，小瑛的父亲跟她们母女分手后又结婚了，但那个女人非常刁蛮，只认钱，不认人。小瑛父亲现在中风，已不能行动，那个女人就把他遗弃了。父亲被人送到古城一家私立养老院，但养老院是要交费的，小瑛父亲又带病。小瑛听说后对母亲说，去看看父亲吧，给他点钱。母亲不允说，这世上老天爷就是公平，恶人作孽是要遭报应的，这是他的报应。小瑛却说，他毕竟是我的亲生父亲，当年他对我母女俩的遗弃，已经报应在他的身上了。小瑛的善良感动了母亲，同时也感动了外婆家的人。小瑛和母亲最终在养老院见到了睡在破烂的床上，不成人形的父亲，小瑛找来养老院的领导，要给父亲交费用。养老院的老板说，"我们不收带病的，特别是你父亲这样整天都要人服侍的瘫痪病人，你们既然来了，今天就把他领回家，这段时间的饭钱我们不收了。"这时，小瑛的父亲哇哇叫起来，眼角流出了泪，挣扎着要起身给小瑛母女下跪。小瑛对母亲说，妈妈，我们带他回家吧。小瑛母亲无奈地把头扭向一边。

小瑛的小卖部，邻里都关照她，有的宁愿绕街绕巷都要去她店里买。小瑛接父亲回家的消息不胫而走，邻居们无不称赞小瑛母女的善良。

世界上的好人，大都要经受苦难的折磨，善者有善报，这是千古真理。在小瑛28岁那年，古城的一个小伙被她的坚强、善良深深感动，愿和小瑛白头到老，并愿到小瑛家，共同照顾她们一家。小瑛母女的善良终于得到了善报。

世界上赞美母亲的辞藻最多，千爱万爱，唯独母亲的爱最伟大、最纯粹、最真诚、最无私……天下的母亲都有一颗广博的、金子般闪光的心。

"母爱比宇宙还广博、还伟大。我的母亲，您是我生命的守护天使！"小瑛说。